ET SI L'ON PARLAIT D'ELLE ?

DU MÊME AUTEUR

La France malade de sa santé, Éd. La Table Ronde, 1983.
Le Voleur de vie, Éd. de Fallois, 1989.
L'Illusion humanitaire, Éd. Plon, 1997.
Le Retour de Mwami, Éd. Ramsay, 1998.
La Grande Transgression (prix Louis Pauwels), Éd. Michel Lafon, 2000.
Le Suicide de la France (avec Jacques Vergès), 2002.
Avertissement aux malades, aux médecins et aux élus (avec Philippe Even), le cherche midi.
De la mauvaise conscience en général et de l'Afrique en particulier, Éd. J.-C. Lattès, 2003.
Nous t'avons tant aimé, l'euthanasie, l'impossible loi, le cherche midi, 2004.
Savoirs et Pouvoirs, pour une nouvelle politique de la recherche (avec Philippe Even), le cherche midi, 2004.
Le Roman de Shanghai (prix de l'Académie des sciences morales et politiques), Éd. du Rocher, 2005.
La Revanche du serpent ou la fin de l'homo sapiens, le cherche midi, 2005.
La Véritable Histoire des génocides rwandais, Éd. Jean-Claude Gawsewitch, 2006.

BERNARD DEBRÉ

ET SI L'ON PARLAIT D'ELLE ?

éditions du
ROCHER

ISBN : 978 2 268 06157 3

Prologue

Le secret d'Anne-Marie

Longtemps, j'ai accepté de n'être *que* le fils de mon père. J'avais quelques excuses : les autres avaient choisi pour moi. À force d'entendre leurs noms déclinés au génitif, les « fils de » ont souvent tendance à enfermer leur identité entre les quatre murs dorés d'un patronyme familial, auquel leur mère n'est associée que par la grâce de l'état civil.

« Femme de » et « fils de », même combat, ou plutôt, même communion dans la célébrité du père ou du mari, à ceci près qu'au petit jeu de l'altérité, le fils s'en sort toujours mieux que la mère. Lui, garde intacte la liberté de se faire un prénom ; elle, peut s'estimer heureuse qu'on n'oublie pas le sien ! Et même dans ce cas, la chance est biaisée : quand un « fils de » sort de la foule, il peut arriver qu'on attribue sa réussite à ses propres mérites. Mais qui osera reconnaître à sa mère la moindre responsabilité dans ses lauriers ?

« Digne fils de son père » : seuls ceux qui n'ont pas entendu ce compliment ignorent ce qu'il contient d'injuste et presque d'injurieux pour la mémoire d'infiniment de mères.

La mienne fut du lot.

Non que je dénie à mon père le rôle qui fut le sien ni, par-dessus tout, l'armature intellectuelle et morale qu'il m'a transmise : être le fils de Michel Debré restera toujours pour moi une fierté ! Disons-le d'emblée pour n'y plus revenir : je tiens mon père pour l'un des plus grands hommes d'État qu'ait connue la France. Sans doute n'aurait-il pas joué un rôle d'exception si son destin n'avait pas croisé celui du général de Gaulle ; mais il est juste de dire que sans le premier de ses Premiers ministres, auquel il laissa pratiquement les clés de la « maison France » dans les premières années de la Ve République, de Gaulle n'aurait pas disposé de la même liberté d'action. Pendant que mon père enchaînait les réformes « domestiques » avec une ardeur inédite depuis Bonaparte, l'homme du 18 juin pouvait se consacrer, en toute quiétude, à ce qui constituait pour lui l'essentiel : rendre à la France son rang dans les affaires du monde.

Entre de Gaulle, « capétien » rallié à la tradition républicaine, et le Républicain épris de continuité historique qu'était mon père, s'était formée une étrange synergie, symétrique de celle unissant le Général à Malraux. De même que le fondateur de la Vᵉ République se reconnaissait dans la dimension épique que lui conférait l'auteur des *Chênes qu'on abat*, de même eut-il, jusqu'en 1969, constamment besoin de débattre des réalités avec le rédacteur de sa Constitution, qu'il aimait comparer aux grands légistes de la monarchie. Ceux qui, attelés aux réformes jusqu'à s'y consumer, se faisaient un devoir d'État de les mener à terme au détriment souvent de leur propre intérêt. De Nogaret avec Philippe le Bel à Richelieu avec Louis XIII, l'histoire de la France offre quelques exemples de ces sortes de fidélités, aussi exclusives que passionnées.

De Gaulle, qui maniait le compliment avec autant de précaution que de la dynamite, a écrit de lui : « Point d'idées qui ne soient étrangères à son intelligence, point d'événements qui n'éprouvent et souvent ne blessent son sentiment, point d'actions qui ne dépassent sa volonté. Toujours tendu dans l'ardeur d'entreprendre, de réformer, de rectifier, il combat sans se ménager et endure sans se rebuter. Jamais, quoique puisse lui coûter ma manière de voir [le Général fait ici allusion à sa politique algérienne] ne me manquera le concours résolu de sa valeur et de sa foi. »

Oui, mes frères et moi avons eu la chance inoubliable de vivre, au côté de notre père, le quotidien d'une renaissance française dont il contribua directement à jeter les bases, mais dont il ne récolta, pour lui-même, que la satisfaction d'avoir *servi.* Alain Peyrefitte rapporte que de Gaulle lui avait dit en 1963 : « Qui sait si Debré ne sera pas, un jour, la meilleure chance de la France ? » Quand mon père voulut tenter la sienne – à soixante-neuf ans, après avoir brûlé sa jeunesse dans la Résistance et l'énergie de son âge mûr dans la défense du gaullisme – l'aventure se solda par l'échec que l'on sait à l'élection présidentielle de 1981. Il lui restait alors quinze ans à vivre, et tout le loisir de méditer le mot terrible de Mme de Staël : « La gloire est le deuil éclatant du bonheur. » Avoir servi de Gaulle et, par là, leur « certaine idée de la France », fut sa gloire. L'éloignement de la politique qui, dans son esprit, n'était que la continuation de l'Histoire par d'autres moyens, fut davantage qu'un deuil : un enterrement par anticipation.

Après qu'il eût été battu, en 1989, à la mairie d'Amboise, au terme de vingt-trois ans de mandat ininterrompu, il me lâcha un soir : « Je ne suis plus désormais qu'un mort vivant. » Abandonner la vie publique, dans laquelle il était entré comme on entre en religion, était pour lui davantage qu'un supplice : la négation de lui-même. Si son aveu me brisa le cœur, il m'ouvrit aussi les yeux sur moi-même. J'ai compris ce jour-là que, jamais, je ne réagirai comme lui ! Le désespoir de mon père me désespérait mais, au fond, je le comprenais mal. J'avais pu adhérer sans retenue à ses combats et partager du même mouvement sa passion de la France, la politique ne serait jamais pour moi un absolu.

M'étant, quant à moi, engagé dans le combat électoral en un temps où les grands hommes se faisaient rares et, avec eux, la tentation de tout sacrifier pour les servir, il m'est sans doute plus facile qu'à d'autres d'appréhender avec recul les aléas inévitables de la démocratie. Bien que frustrantes, les périodes de basses-eaux politiques ont ceci de pédagogiques qu'elles rendent lucides, à défaut d'indulgents.

J'ai été élu, battu, réélu. Jamais je n'ai considéré qu'en me choisissant, les électeurs faisaient de moi un intouchable, ni qu'en me retirant leur confiance, ils me trahissaient. L'élection est un honneur, et la défaite une souffrance. Mais en aucun cas la remise en cause de ce qui constitue l'honneur de vivre.

Dix ans après la disparition de mon père, j'ai cependant acquis une conviction : la génération qui nous séparait n'est pas seule en cause dans ma manière d'appréhender l'existence. Un principe secret m'a permis de toujours rester moi-même, quels que soient les succès ou les échecs des deux vies, professionnelle et politique, que j'ai choisies de mener de front. Comme un vaccin, ce «principe», au sens chimique du terme, m'a immunisé presque clandestinement, jusqu'au jour où, confronté au désespoir de mon père, j'ai compris que sur un point, au moins, j'étais différent de lui : je n'attendrai jamais des autres l'autorisation d'être heureux.

Si ma mère fut heureuse avec lui – et je crois qu'elle le fut – c'est pour avoir su garder intacte, en toutes circonstances, une distance symbolique avec les événements. C'est d'elle, j'en ai maintenant la certitude, que provient ma capacité à me passionner sans être exclusif, à comprendre les autres sans en être dupe, à les aimer sans exiger d'eux l'impossible. J'ai découvert, sur le tard, que ma mère, qui était férue de mythologie, ne négligeait pas la sagesse antique. Jusqu'au moment où, à l'extrême fin de sa vie, elle perdit la vue, elle aimait se replonger dans Marc Aurèle, d'où elle tirait chaque fois des leçons de bonheur : «Le chagrin et la colère, écrivait l'empereur philosophe, causent souvent plus de peine que les faits ayant provoqué ce chagrin et cette colère.»

Loin de se désintéresser de la politique – comment l'aurait-elle pu, avec un mari comme le sien, prompt à s'enflammer autant qu'à se désespérer, et parfois aussi passionné à la table familiale que devant un auditoire de 10 000 personnes ! – ma mère avait l'art de toujours ramener celle-ci à une dimension humaine. N'est-ce pas cette dimension, aussi, que les femmes, qui transmettent la vie, et en connaissent le prix mieux que les hommes, apportent à la politique ?

Quand on l'indisposait par un débat trop théorique, elle nous rappelait la devise de Giono : « Et moi, je te dis qu'il faut vivre ! » Et aussi : « Sois toi-même, personne ne vivra à ta place. »

Cette leçon de liberté, et même d'indépendance, venue d'une femme que tout ancrait dans la tradition, je ne l'ai jamais oubliée. Et pour avoir compris, tardivement, qu'au fond je l'avais toujours suivie, il me semble impossible de ne pas lui rendre, aujourd'hui, ce qui lui appartient.

Voici pourquoi, maman, je veux aujourd'hui parler de toi à ceux qui ne t'ont pas connue ou sont passés sans te voir.

CHAPITRE I
Le cri

« Maman ! » Quand le cri résonna dans la chambre où, depuis quelques jours, elle gisait sans bouger, nous avons su, sans nous regarder, que tout était fini. Moi surtout qui, trois heures plus tôt, avait compris que son coma était définitif. Triste privilège du médecin, rompu au voisinage de la mort mais qui, confronté à celle de sa mère, hésite à dire la vérité à ses frères. Surtout à celui qui, quelques minutes plus tôt, m'expliquait, presque goguenard : « Entends comme elle respire mieux ! Tu sais, elle est indestructible... »

Je lui avais répondu par un triste sourire. Mais au fond de moi, le diagnostic était fait : cette alternance de respiration si rapide et de pauses parfois si longues qu'elles font s'emballer votre propre cœur, je l'avais si souvent constatée à la phase finale de l'agonie ! Dans notre jargon, nous l'appelons « respiration de cheynes stocks ». Un état dont on ne revient pas. Et puis soudain, maman s'était agitée, et elle avait crié : « Maman ! » Sa voix était redevenue claire, presque une voix de jeune femme. Une voix qui, pour nous, ses enfants et petits-enfants, restera toujours la sienne. Une voix gravée, désormais, dans le marbre de l'éternité. Quelques heures plus tard, elle était morte. Et un formidable apaisement se lisait sur son visage.

Qu'avait-elle vu ? Qu'avait-elle ressenti ? Fallait-il conclure de ce cri, dont j'ignore toujours s'il fut un cri de détresse ou un cri de soulagement, qu'avant l'ultime passage, ma mère appelait la sienne à l'aide ou qu'au contraire, la dernière image surgie de sa conscience fut celle de ma grand-mère, venue la chercher ? Faut-il comprendre qu'avant de s'éteindre, le cerveau nous offre, tel un projecteur lancé en arrière, le film de notre vie rembobiné jusqu'à son commencement ?

Beaucoup de ceux qui, après avoir frôlé la mort, reviennent à la vie, l'affirment. Les grandes Traditions spirituelles aussi. Je les ai longtemps crus sans les croire. Jusqu'à ce 12 mai 2001, qui a définitivement chassé le doute de mon esprit. Quand mon tour viendra, je suis certain désormais que ma mère me prendra par la main.

« Maman ! » Ce cri primal suggère si parfaitement l'éternel recommencement des choses, qu'au-delà de l'émotion, aucun de ceux qui assistèrent à la scène n'en garde un souvenir angoissé. Ce mot d'une douceur extrême lâché dans l'ambiance implacable du dernier instant, nous ramène à ce que nous sommes, maillons dans la chaîne ininterrompue des générations. Aussi longtemps que notre terre sera battue par la marée sans fin de la vie et de la mort, aucun jusant, jamais, ne se perdra dans les sables du néant.

En quittant la vie, ma mère a retrouvé la sienne, partie cinquante ans plus tôt – et nous, ses fils, étions les témoins émerveillés de ces retrouvailles.

Ce cri, combien de temps ma mère l'a-t-elle gardé en elle avant de s'en libérer ? Depuis quand attendait-elle cette étape ultime d'un calvaire de plusieurs mois ? Pour l'avoir accompagnée tout au long de sa maladie, je puis témoigner qu'aucun indice jamais, ne m'a alerté sur un quelconque désir d'en finir avec la souffrance. Au contraire, à mesure que son état se dégradait, je sentais confusément croître en elle une étrange et indicible sérénité.

C'est peu dire, pourtant, que Maman était consciente de son état. Elle qui, c'est vrai, sembla à tous si longtemps indestructible, fut la première convaincue de l'imminence du terme. Un cancer du sein, des infarctus à répétition à partir de quatre-vingt-cinq ans et, pour finir, une baisse massive de la vue lui interdisant progressivement l'exutoire de la lecture, voilà qui ne laisse guère de doute, *a fortiori* quand, familialement, on a toujours été entourée de médecins. Ma mère, pourtant, ne s'est jamais plainte, et même, s'efforçait de donner le change. Condamnée, dans les derniers mois de sa vie, à regarder la télévision – ou plutôt à l'écouter – elle continuait à se passionner pour cette politique qui lui avait si longtemps volé son mari, mais qui, grâce aux JT, était devenue son dernier lien avec le monde extérieur. Elle n'oubliait jamais de s'intéresser à l'avenir, elle qui n'en avait plus.

Je me souviens de son regard pétillant quand le fumeur que j'étais encore recommanda à la grande fumeuse qu'elle était restée de lever le pied sur le tabac. Elle me répondit du tac à tac : « Arrête-toi plutôt, ou dis à tes enfants de ne pas commencer ! Tiens, donne-moi donc du feu… »

Lucide sur le cours de choses, mais jamais désespérée, ma mère nous offrit à tous, dans ses derniers moments, une formidable leçon de dignité. Jusqu'au bout, elle reçut la visite d'une amie d'enfance qui ne l'avait jamais quittée depuis le lycée et qui nous répétait après chaque moment passé avec elle : « Si je pouvais être comme votre mère quand je partirai ! » Et quand une autre de ses amies tomba à son tour malade, c'est ma mère, presque mourante, qui lui dispensa ses conseils de vie.

Le dilemme de cette amie n'était pas anodin : atteinte d'un cancer, elle avait été quelques années plus tôt opérée d'un rein et voici que, soudain, l'autre était atteint. Je lui exposais franchement la situation : « À toi de décider. Je peux enlever l'autre rein et te placer sous dialyse, ou laisser les choses en l'état et faire en sorte que tu ne souffres pas. Mais il faut que tu saches que dans ce cas, les choses ne s'amélioreront pas… »

Quelques jours plus tard, après en avoir discuté avec ma mère, qui trouvait encore la force de s'intéresser aux autres, son amie vint me donner sa réponse : « On ne touche à rien, je veux encore en profiter un peu. » Ce qu'elle fit. Au bout d'un an, elle me rappela pour me dire que, cette fois, elle choisissait l'ablation de son dernier rein et le placement sous dialyse. Je me suis conformé à sa volonté comme je l'avais fait un an plus tôt en renonçant à l'opérer. Et trois mois plus tard, elle s'éteignait. Ma mère la suivrait de quelques semaines. Et je suis sûr que son dernier conseil fut le bon. Comme elle l'avait fait toute sa vie avec ses enfants, Maman, avant de partir, avait joué, une fois encore, son rôle de « passeuse ».

Ce n'est pas seulement par affection ou simple fidélité si, outre ses petits-enfants, ses amis et ceux de mon père, continuèrent, jusqu'au bout, de la visiter si régulièrement. Je pense notamment au cher Jean Dutourd qui, chaque dimanche après-midi, passait le porche de la rue Jacob pour venir la distraire des bruits de la ville, savamment tamisés au filtre de son humour ; je pense aussi à Maurice Druon, fidèle d'entre les fidèles, qui, avec sa femme Madeleine, venaient la voir souvent pour se souvenir avec elle des années d'avant-guerre, quand Maurice venait arracher mon père à ses arrêts du Conseil d'État pour l'emmener applaudir Giraudoux ; et que dire de Jean Mauriac, qui après avoir rendu visite à mon père jusqu'à son ultime été de 1996, accompagna Maman jusqu'au terme en la faisant sourire de son pessimisme joyeux.

Ni Maurice, ni les deux Jean ne me contrediront : tous ressortaient de leurs visites à Maman plus sereins qu'ils n'étaient entrés. Car plus elle s'affaiblissait, plus sa force intérieure grandissait. C'est en observant, émerveillé, cette double évolution, que j'ai, quant à moi, fixé définitivement ma position sur l'euthanasie. Non sur l'acte lui-même, qui ressortit à la liberté de chacun, mais sur l'hypothèse, que je combattrai jusqu'au bout, d'une loi destinée à l'encadrer.

Pendant sa messe d'enterrement, qu'elle avait voulue simple mais qui attira tant d'amis que le parvis de l'église Saint-Germain-des-Prés fut soudain envahi, je me remémorais son cri, et je me disais : que serait-il arrivé si, au lieu de mourir doucement apaisée, elle avait « bénéficié » d'une réanimation intensive qui n'aurait servi à rien d'autre que de la prolonger dans son coma pendant quelques heures ou jours ; elle qui avait déjà un *pacemaker* pour entraîner les battements de son cœur malade, fallait-il s'acharner encore ? Ça je ne l'ai pas voulu pour elle, comme elle ne l'aurait pas voulu non plus. S'acharner sur un corps qui s'en va, sans espoir, c'est véritablement injurier la vie.

CHAPITRE II
La ressemblance

Une scène enfouie dans ma mémoire m'est revenue le soir de la mort de maman. Des années plus tôt, celle-ci était allée rendre visite à l'un de ses petits-fils, hospitalisé à la suite d'un grave accident de la circulation. Dans l'ascenseur, elle croise un médecin qui ne la connaît pas et ignore qui elle vient voir. Le médecin la dévisage, s'efface pour la laisser descendre et, au moment où la porte va se refermer, lui lance : « Pardonnez- moi, Madame, n'êtes-vous pas la mère de Bernard Debré ? J'ai fait mes études avec lui… Il vous ressemble tellement ! »

À l'époque, l'anecdote m'avait amusée. Quand ma mère est morte, je me suis soudain rendu compte que j'étais son portrait. Enfant, j'avais bien entendu, parfois, les adultes murmurer que je lui ressemblais – ce que je prenais assurément pour un compliment, ayant tant de fois entendu les mêmes s'extasier sur sa beauté – mais j'avoue n'y avoir guère prêté plus d'attention que cela. Et puis, quand on s'acharne, depuis sa naissance, à exister par soi-même, certaines évidences paraissent incongrues. Qu'un fils ressemble physiquement à son père ou à sa mère, n'est-ce pas, après tout, le moindre qu'on puisse attendre de la nature ?

L'Œdipe est une chose, l'orgueil une autre : fier de la beauté de ma mère, je l'étais plus encore du nom que je portais, lequel était aussi celui de Maman. Qu'elle se soit appelée Lemaresquier, jusqu'à son mariage avec mon père, était alors le cadet de mes soucis : Debré elle était devenue en 1936, Debré elle resterait !

Ma mère n'était d'ailleurs pas la seule femme de la famille à pâtir de cet impérialisme patronymique. Quand on parle des Debré, on pense bien sûr à mon père ; on évoque aussi mon grand-père, Robert, personnage d'envergure exceptionnelle qui révolutionna la pédiatrie française et contribua à fonder l'Unicef, non sans avoir rénové radicalement l'université médicale par la réforme hospitalo-universitaire de 1958 et la création des CHU ; on cite aussi mon oncle Olivier, peintre de renommée mondiale auquel on doit, entre autres, le rideau de scène de la Comédie-

Française et celui de l'opéra de Shanghai… Mais qui se souvient que ma grand-mère paternelle, Jeanne Debat-Ponsan, fut, en 1915, une des premières femmes internes et chef de clinique des hôpitaux de Paris, pionnière parmi les pionnières en un temps où les jurys pour les empêcher d'être nommées aux concours notaient durement à l'oral les candidates.

Longtemps après la mort de Jeanne, en 1929, mon grand-père épousa d'ailleurs une autre femme exceptionnelle, injustement oubliée : Élisabeth de la Panouse, l'une des premières résistantes de France, membre du fameux réseau du musée de l'Homme, qu'il avait connue dans la clandestinité.

C'est dire si ma ressemblance avec Maman fut, pour moi, longtemps accessoire, au mieux pittoresque. Mais comme j'avais, physiquement, peu de points communs avec mes autres frères, et surtout pas avec Jean-Louis, mon jumeau, cette proximité maternelle fut un élément sans doute inconscient de notre complicité. Au point que, se reconnaissant elle-même quand elle me regardait, ma mère admettait mal que quelqu'un d'autre pût me ressembler. Donc *nous* ressembler… Manière toute personnelle de conserver intacte l'originalité de notre relation ? À tant faire de dénier à quiconque le droit de me ressembler (et inversement), il lui arriva pourtant de me confondre avec quelqu'un d'autre. Au point de s'imaginer, dur comme fer, que cet autre et moi ne faisions qu'un.

Cette étrange affaire de *horla* qui commença comme du Maupassant et s'acheva, heureusement, comme du Courteline, est vieille, déjà de vingt ans. Mais je m'en souviens avec la précision qu'imprime aux souvenirs l'inquiétude d'avoir été confronté à l'insaisissable. Et le soulagement d'en avoir finalement bien ri…

Je suis député d'Indre-et-Loire depuis quelques mois quand, un beau jour de 1986, ma mère me tend *La Nouvelle République*, à la page relatant les cérémonies officielles de la veille. Jeune élu, je m'efforçais encore de toutes les honorer, y compris les plus improbables, mon père, maire d'Amboise depuis vingt ans, m'ayant appris que l'assiduité en politique était la politesse des élus.

– Eh bien ! me lance Maman, tu n'as vraiment pas l'air de t'amuser sur cette photo !

Ayant scruté la double page du journal, de haut en bas et de gauche à droite, je découvre, un peu étonné, que je ne figure sur aucune photo.

– Mais enfin, Bernard tu es aveugle ! C'est bien toi, là, entre le préfet et le président du Tribunal !

Piqué par le ton rogue de ma mère, je lui reprends alors le journal des mains pour détailler le petit groupe d'officiels qu'elle vient de me désigner. Et là, surprise, je suis bien sur la photo… Sans avoir jamais participé à la cérémonie en question !

– Alors, c'est bien toi, oui ou non ?

– Ça m'en a tout l'air. L'ennui c'est que je ne me suis pas encore rendu à la moindre cérémonie au tribunal de Tours et que, ce jour-là, je siégeais à l'Assemblée.

– Ils se seront donc trompés de date…

– Pas seulement de date. Je te répète que je n'ai jamais rencontré, à la fois, le préfet et le président du Tribunal ! Quelqu'un me ressemble, voilà tout…

– Impossible, c'est bien toi !

La situation devenant gênante, je brisais là. Pourquoi me disputer avec ma mère pour une vétille ? De loin, un type me ressemblait sur une photo de mauvaise qualité. Nous n'allions pas en faire un drame. Maman mettrait mon prétendu « trou de mémoire » sur le compte du surmenage provoqué par mes aller-retour incessants entre l'Assemblée, l'hôpital et la Touraine – Heureux les parlementaires issus de la Fonction publique qui cessent d'exercer leur métier le temps de leur mandat ! Et je la laisserai croire qu'après tout, j'étais bien à Tours ce jour-là, ce qui n'avait strictement rien d'infamant… Bien que n'étant pas le moins du monde surmené, j'étais tout à fait prêt à ce que ma mère le pense, pour peu que nous n'en parlions plus.

Mais voici qu'une semaine plus tard, survient un nouvel incident. Alors que je viens inaugurer la fête du fromage d'une ville du nord de la Touraine, l'accueil plutôt indifférent du maire me frappe immédiatement.

Lui que j'ai reçu d'urgence, le mois dernier, dans mon service de l'hôpital Cochin, pour l'opérer de la prostate, me tend une main distraite et, me regardant à peine, me taxe d'un « Bonjour, Monsieur le secrétaire général ».

Secrétaire général, je le suis assurément de plusieurs associations, mais comment le maire les connaîtrait-il ? Intrigué, je n'en continue pas moins de serrer des mains, et tombe au bout de quelques minutes, sur le nouveau secrétaire général de la préfecture :

– Bonjour, Monsieur le député, je peux vous dire quelques mots en privé ?

– Bien sûr !

– Dites-moi, comment trouvez-vous le maire, il n'est pas un peu bizarre ?

– Non. Si. Peut-être... Mais, pourquoi me demandez-vous cela ?

– Écoutez, c'est très simple. Je suis arrivé quelques minutes avant vous, et il m'a chaleureusement accueilli à l'entrée en me donnant du « Monsieur le député » et du « cher Professeur » et en ajoutant tout bas : « Vous savez, maintenant, je pisse très bien ! »

C'est en dévisageant mon interlocuteur, que je compris soudain la méprise : le secrétaire général de la préfecture et moi-même nous ressemblions tellement que ma mère avait pu nous confondre sur une photo, et l'un de mes patients le prendre pour moi !

Le soir même, je me promettais de raconter l'anecdote à Maman, afin de la rassurer définitivement sur mon « surmenage », mais aussi pour qu'elle ne me soupçonne pas d'avoir pu croire qu'elle perdait la tête : non seulement j'avais un sosie, mais nous allions devoir nous habituer à le croiser un peu partout dans les cérémonies officielles ! Je n'eus pas à m'en donner la peine. En arrivant pour dîner à L'Épine fleurie, la maison que mes parents possédaient à Montlouis et dont le jardin en pente douce dominait la Loire, elle m'accueillit avec ce sourire inimitable par lequel elle obtenait, avant même d'avoir parlé, toutes les absolutions :

– Est-ce que tu sais, Bernard, que tu as un sosie ?

– Je le sais depuis ce matin… Mais toi, comment le sais-tu ?

Et Maman de me raconter que, l'après-midi même, alors qu'elle participait, avec mon père, à une cérémonie à Chinon, elle avait failli aborder mon « double » pour lui demander s'il n'avait pas oublié le dîner de ce soir… Le secrétaire général de la préfecture lui tournant le dos, ma mère avait fendu la foule pour le rejoindre, ne devant qu'à l'interposition providentielle d'un maître d'hôtel de ne pas aller au bout de son geste. À l'instant où elle allait gratter l'épaule du secrétaire général, celui-ci s'était retourné, et ma mère, découvrant sa méprise, avait juste eu le temps de plonger la main dans le plateau de petits fours pour éviter un impair.

Je la revois encore, tirant sur sa cigarette :

– Tu m'imagines, disant au type : « Essaie de ne pas arriver trop tard, ton père a un conseil municipal après le dîner ! »

Telle était maman ! Aussi tranchante quand elle pensait avoir raison, que pleine d'humour avec elle-même quand elle convenait s'être trompée...

Comme prévu, mon chemin croisa souvent, par la suite, celui du secrétaire général de la préfecture, Robert Pommies, qui quitta la Touraine quelques années plus tard pour une brillante carrière outre-mer. Chacune de nos rencontres était l'occasion de plaisanteries de carabins : « Au fait, Monsieur le professeur, j'ai vu un tel. Il pisse mieux ! » Et moi : « Peut-être, mais il m'en veut à moi parce que son dossier n'avance pas assez vite en préfecture ! » Et ainsi de suite, jusqu'au jour où les quiproquos devinrent plus rares, jusqu'à cesser complètement, les Tourangeaux ayant finalement appris à nous identifier...

Un jour, pourtant, je ne pus m'empêcher de rendre à ma mère la monnaie de sa pièce. Avais-je souffert inconsciemment, qu'elle me confondît avec un autre ? Toujours est-il que, plusieurs mois plus tard, je lui tendis un piège un peu cruel :

– Sais-tu, maman, que Robert Pommies est né à Toulouse, comme Jean-Louis et moi ? Tu vas rire, mais il y a peut-être une chance sur mille qu'il y ait eu une substitution à la maternité et que Jean-Louis, qui ne me ressemble vraiment pas, ne soit ni mon frère jumeau, ni ton fils. »

Je vis un éclair d'inquiétude passer dans ses yeux, puis elle me cloua le bec :

– Vas-tu un jour cesser de chercher des noises à Jean-Louis ?

Reconnaissant avoir été trop loin, je la rassurais :

– Poisson d'avril. Le secrétaire général de la préfecture est né à Paris trois mois avant moi.

La clause de style était inutile. Maman n'avait guère besoin d'être rassurée ! Mais pourquoi diable, avais-je ressenti, moi, le besoin de l'inquiéter ? Comme chaque fois, après l'une de ces petites passes d'armes qui ponctuaient nos rapports, je m'en voulais confusément d'avoir répondu à son excès de certitude par un excès de doute. Ou inversement, tant il est vrai que, face à mes propres certitudes, ma mère savait périodiquement me ramener sur terre, et avec quel brio ! *Bene amat, bene castigat...* Toujours la sagesse classique !

Ah ! Cet esprit de contradiction Lemaresquier, qui ne nous séparait que pour mieux nous rapprocher ! Depuis mon enfance, j'avais été bercé par lui, et il s'était, au sens propre, insinué en moi, sans que j'en pris conscience. À la différence de mon père, habité par la passion mais qui, en dehors des sujets qui lui tenaient à cœur, savait se montrer le plus conciliant des hommes dans la vie quotidienne – ce qui étonnait toujours ses adversaires politiques, quand il leur arrivait d'être reçus à la maison – ma mère, toujours prompte à se montrer compréhensive et tolérante dans la confrontation des idées, était volontiers attentive aux détails dans la vie quotidienne…

Profondément stoïcienne – ce qui ne veut pas dire indifférente ! – pour tout ce qui ne dépendait pas d'elle, elle se refusait à considérer comme subalterne ce qu'il ne tient qu'à nous de transformer en ingrédient du bonheur. Sa sévérité sur ses contemporains était légendaire, mais aussi, curieusement, sa capacité à se faire aimer de tous, preuve sans doute, d'une justesse de vue sur laquelle je reviendrai.

Oui, ces passes d'armes, qui aujourd'hui me manquent, tant leur absence me renvoie à celle de ma mère, furent sans doute la rançon de notre ressemblance. Je me souviens encore de son sourire discret quand, enfant, j'écoutais mon grand-père Lemaresquier nous raconter l'histoire de France à sa façon. Qu'en dépit de notre différence d'âge, je puisse m'entendre si bien avec ce vieil homme qui avait l'originalité et la contradiction chevillées au corps malgré son appartenance à de nobles institutions – l'Académie des beaux-arts, notamment – était pour elle un gage de ma future indépendance d'esprit. Réussir, oui, au prix du conformisme, jamais !

Un soir de 1971, alors que je rentrais de mon service militaire en Côte d'Ivoire, mon grand-père, qui avait dépassé ses cent ans – il était né en 1870, le jour où Gambetta s'échappa en ballon de Paris assiégée ! – vint dîner chez mes parents. Ce fut, je crois, sa dernière sortie. J'étais présent, car il voulait me parler de Felix Houphouët-Boigny, qu'il avait lui-même bien connu. Soudain, il se tourna vers maman et lui dit : « Ma fille, tu te souviens de ma grand-tante ? Eh bien, je crois ne te l'avoir jamais dit, mais elle a entendu son arrière-grand-mère lui raconter l'entrée triomphale de Louis XV dans Paris après la bataille de Fontenoy ! »

Pourquoi mon grand-père nous lâcha-t-il soudain ce détail familial, qu'il aurait eu maintes fois le loisir de nous livrer plus tôt ? Sans doute parce que lui-même se rendait compte, au soir de sa vie, de l'extraordinaire trajectoire historique que peuvent effectuer, mises bout à bout, cinq générations ! Lui que le général de Gaulle, disparu un an plus tôt, avait décoré de la grand-croix de la Légion d'honneur, se souvenait d'avoir entendu sa tante lui parler de Louis XV, que son arrière-grand-mère avait vu ! «La Nation, disait Renan, n'est rien d'autre que l'union invisible des vivants et des morts » : c'est aussi une famille de familles qui, des plus illustres aux plus modestes, ont en commun de perpétuer, par le souvenir, les maillons du passé.

Comme le temps qui, parfois semble long quand on le vit, peut paraître court quand on le raconte ! Né quand Victor Hugo écrivait encore *La Légende des siècles*, mon grand-père est mort deux ans après que les Beatles aient enregistré leur dernier disque. Son père, Louis Lemaresquier, était artiste-peintre et ferronnier d'art à Sète. « Monté à Paris », il devient l'un des affichistes de spectacles les plus en vogue de la fin du XIXe siècle. Un jour, il envoie son fils, Charles, âgé seulement de douze ans, porter chez l'éditeur Choudens, un projet d'affiche pour *Le Tribut de Zamora*, un opéra de Gounod qui ne se joue plus guère mais qui, dans les années 1880, connaissait, en France, autant de succès que la *Traviata* ou *Tannhäuser*.

Et là, surprise ! Gounod, qui se trouvait par hasard dans le bureau de Choudens, corrige l'affiche de quelques traits de crayon rouge et demande à mon grand-père de bien vouloir transmettre ses *desiderata* à son affichiste de père… En voyant rentrer son fils porteur d'un message de Gounod, mon arrière-grand-père, qui n'avait guère l'habitude de se faire renvoyer son travail, explose : « Je ne m'occupe pas de sa musique, qu'il ne se mêle pas de ma peinture ! »

Alors, Charles, d'une petite voix : « Je pense que Gounod a raison. » Et d'argumenter avec une maîtrise qui, non seulement, eut le don de faire progressivement retomber le courroux paternel, mais surtout de convaincre mon arrière-grand-père de remanier totalement son affiche ! Le résultat de l'aventure fut qu'à partir de ce jour Charles ne fut plus regardé de la même façon par ses parents, lesquels s'aperçurent soudain que les culs-de-lampes qu'il dessinait sur ses cahiers d'écolier étaient d'une facture exceptionnelle.

Ses études secondaires achevées, le voici reçu aux Beaux-Arts, qu'il intègre brillamment, avant d'entrer chez l'architecte Morsan, et bientôt chez Victor Laloux, qui deviendra son maître, puis son associé, et avec lequel il dressera, entre autres, les plans de la gare d'Orsay, devenue l'actuel musée du XIXe siècle... Comme Laloux n'avait pas d'enfants, il fera de mon grand-père son légataire universel. Quand Laloux puis sa femme disparaitront, ils lui laisseront sa maison de Montlouis, qui reviendra plus tard à ma mère.

Prix de Rome à foison (trente-six entre 1900 et 1937 !), fondation, en 1938, de son propre atelier (le célèbre « Lemar », de la rue du Petit-Pont, qui obtiendra lui-même quatorze récompenses), réalisations aux quatre coins de France – du cercle militaire de Paris à la gendarmerie maritime de Toulon, en passant par l'école vétérinaire de Toulouse : mon grand-père trouve tout de même, en 1900, le temps de se marier. Il épouse celle qui deviendra ma grand-mère, Germaine Ribaucourt, fille du mathématicien qui a désespéré des générations d'étudiants en les obligeant à plancher sur le théorème du même nom…

Moi dont la chance fut d'avoir deux grands-pères centenaires ou quasi (Robert Debré est mort dans sa quatre-vingt-dix-septième année, Charles Lemaresquier, dans sa cent troisième !) j'en eu moins avec mes grands-mères ; je n'ai pas connu la mère de mon père, disparue quinze ans avant ma naissance, et ne garde qu'un vague souvenir de ma grand-mère Lemaresquier, morte quand j'avais à peine sept ans. L'image que j'en conserve est classique à souhait : celle d'une très digne vieille dame qui tricotait pour ses petits-enfants.

Je me revois, avec mes trois frères, dans la pénombre de son appartement de la rue de Sfax, requis par maman pour aider grand-mère à transformer en pelote l'écheveau de laine qu'elle avait toujours à ses pieds. Raides comme la justice, nous devions écarter les bras à tour de rôle, encombrés par cette laine qu'elle rembobinait sans fin, en imaginant le chandail que, dans quelques semaines, nous serions obligés de porter…

Maman aussi tricotait beaucoup, mais on aura compris que tel ne fut pas l'aspect le plus marquant de sa personnalité ! À ceci près, j'y reviendrais, qu'elle était suffisamment détachée des apparences pour ne point s'en cacher, reprisant et ravaudant, en cas de besoin, jusque dans les appartements privés de Matignon, élégance suprême de celles qui ne se laissent ni griser par les honneurs, ni surtout persuader que ceux-ci sont éternels.

Ainsi vivaient les grandes dames d'autrefois auxquelles on apprenait, dès l'enfance, que la condition pour commander au personnel de maison est de savoir au moins aussi bien que lui s'acquitter des corvées ancillaires. La seule fois où j'ai vu ma mère reprendre une femme de ménage, ce fut à propos d'une bibliothèque mal époussetée. Elle ne lui fit aucun reproche, mais lui montra simplement comment il fallait s'y prendre. Ce dont l'intéressée la remercia, bien plus tard quand, recrutée dans une grande maison et complimentée pour le soin qu'elle mettait à entretenir les bibliothèques, elle put répondre : « C'est l'épouse d'un Premier ministre qui m'a montré comment faire ! »

Il est vrai que ma mère était la seule fille de sa fratrie, mes grands-parents Lemaresquier ayant eu, en sus d'elle, trois garçons. Quatre inséparables qui le restèrent jusqu'à ce que la mort les sépare ; quatre originaux aussi, qui transformaient la moindre réunion de famille en un immense éclat de rire. Mon père lui-même, qui avait été instantanément adopté par les trois frères Lemaresquier, n'était pas le dernier à rire de leurs plaisanteries. Aux heures sombres de la guerre d'Algérie, quand la charge de diriger l'État l'absorbait au point que nous pouvions passer plusieurs jours sans voir notre père, mes oncles Nöel, Jacques et Pierre furent, à coup sûr, les rares bouffées d'oxygène d'une vie de famille rythmée par les obligations officielles et les bombes de l'OAS...

Noël, l'aîné, était un mirobolant. Architecte comme son père, et comme lui prolifique (on lui doit, notamment la reconstruction de Saint-Nazaire, rasée par les bombardements), il menait grand train, recevant beaucoup et dépensant trop. Mais on lui pardonnait ses extravagances, aux antipodes des habitudes de la famille, tant son esprit était vif et sa générosité sans limite. Quand il mourut, en 1982, on découvrit qu'il n'avait laissé que des dettes, mais grâce à lui, l'atelier Lemar avait survécu aux Beaux-Arts.

Jacques, le deuxième, était son contraire. Ingénieur, il fonda son usine et prospéra dans la métallurgie. Discret et travailleur à la ville, il était, en famille, l'un des esprits les plus acérés et les plus caustiques que j'ai connus.

Pierre, quant à lui, était l'artiste de la famille. Il aurait dû être professeur de mathématiques, mais mena une carrière de conseiller culturel à l'étranger. Doué de l'oreille absolue, il jouait divinement du piano sans avoir pratiquement jamais appris la musique, contrairement à maman qui, excellente musicienne elle aussi, avait dû, pour le devenir, travailler d'arrache-pied. Ayant eu comme professeur Marguerite Long qui, excusez du peu, forma Samson François, et à laquelle Ravel dédia son concerto en sol, ma mère restait bouche bée devant l'aisance d'autodidacte de Pierre. Était-ce lui, son frère préféré ? Maman qui partageait volontiers le monde entre les « emmerdeurs » – elle disait aussi les « raseurs », terme délicieusement suranné qu'on n'emploie plus depuis Guitry – perdait devant lui tout esprit critique et ne lui trouvait pas le plus petit défaut.

De Noël, de Jacques ou de Pierre, je ne sais, en tout cas, lequel eut l'idée de surnommer leur sœur « Ninette ». Mais l'habitude ayant été prise dès l'enfance, elle demeura jusqu'à la mort de ma mère. Mon père aussi l'appelait ainsi, et avec lui la plupart de leurs amis communs, dont certains ignoraient jusqu'à son vrai prénom d'Anne-Marie ! Enfant, je trouvais « Ninette » un peu benêt, et pour tout dire inadéquat à la prestance de ma mère, au magnétisme qu'elle dégageait. Le seul à le penser aussi était, semble-t-il, Jacques Chaban-Delmas, qui l'appelait tantôt Anne-Marie, tantôt Annie. Pourquoi Annie ? lui demandai-je un jour. « Parce que, diminutif pour diminutif, c'est mieux que Ninette. » Voilà tout Chaban ! Léger en politique, mais ne badinant pas avec les symboles lorsqu'il s'agissait de complimenter une jolie femme…

De même que je n'aimais guère, enfant, le surnom de ma mère, je n'appréciais pas davantage de la voir mal habillée. Ou du moins, dans une tenue que je ne jugeais pas digne d'elle. À Matignon, rue de Rivoli, au Quai d'Orsay ou à l'hôtel de Brienne, elle resplendissait de mille feux, les grands couturiers habillant sans mal cette femme si longue et si mince qui, comme disait l'un d'eux, mettait en valeur tout ce qu'elle portait. Son élégance était d'ailleurs sobre : peu ou pas de bijoux, tout juste un collier rehaussant le décolleté, et une bague en diamant, toujours la même, que mon père lui avait offerte. Au reste, ma mère détestait les compliments qui ne portaient que sur l'accessoire : sûre de son aura, elle aimait être remarquée pour elle-même, non pour ce qu'elle portait.

Mais dès que nous partions en vacances, ou simplement dès qu'elle se sentait libre de ses mouvements, quel changement ! Rien ne la détendait davantage que d'enfiler, au-dessus d'un vieux chemisier, un pull dont les coudes avaient été rapiécés par ses soins ! La forme, dit-on, façonne le fond : c'est lorsqu'elle semblait la plus indifférente à sa tenue vestimentaire, et même en rogne contre l'étiquette, que ma mère donnait particulièrement libre cours à son esprit de contradiction.

Combien de fois mes frères et moi n'avons-nous pas été estomaqués de l'entendre nous reprocher notre propre tenue !

– Comment ? Tu sors habillé ainsi ? Mais tu veux donc qu'on te prenne pour un romanichel ?

Enfant, je n'osais évidemment pas répliquer. Mais avec les années, j'appris vite le ping-pong :

– Mais pas plus tard qu'hier, Maman, tu m'as dit qu'un tel s'était cru obligé de s'endimancher pour venir à la maison... Tu as même dit que sa coupe de cheveux sortait du Chien élégant !

Et après un moment de stupeur, ma mère riait de bon cœur. Cet esprit de contradiction, typiquement Lemaresquier, participait-il de sa manière à elle de nous éduquer ? Respecter les formes sans être dupes, et toujours conserver son esprit critique : si j'ai pu transmettre cela, à mon tour, à mes propres enfants, c'est sans doute grâce à ma mère.

Quand nous allions au restaurant en famille, ce qui était rare, sens de l'économie oblige, les plats étaient toujours trop chauds, ou trop froids, la décoration tantôt vulgaire, tantôt trop riche – et bien souvent, les deux à la fois. Ce qui nous gênait le plus, nous, ses enfants (et que dire de mon père qui dans ces moments-là, regardait volontiers le plafond), c'était que Maman ne se gênait pas pour faire ses remarques à haute voix, pour être bien certaine que tout le monde l'entende ! Ce qui ne l'empêchait pas, à la fin du repas, d'aller féliciter le propriétaire, non sans lui dispenser ses conseils : « Croyez-moi, changez la couleur de vos nappes. Et ce tableau, vous pensez qu'il soit bien utile ? » Mais elle le faisait avec un sourire tellement charmeur que jamais, je dis bien jamais, je n'ai vu aucun restaurateur s'en offusquer. Mieux, quand nous revenions un an plus tard, tout avait été modifié selon ses conseils. Elle poussait alors mon père du coude et lui disait dans un clin d'œil : « Tu vois, j'ai eu raison de m'en mêler ! » Et papa, qui ne se serait jamais permis la moindre remarque, riait de bon cœur, en se demandant quelle serait la prochaine sortie de l'incontrôlable « Ninette »...

Plus tard, elle ouvrirait sa boîte à critiques, décidément pleine de ressources, pour critiquer les petites amies de ses fils. Quand nous lui présentions une jeune fille, le scénario était toujours le même : la première semaine, elle était exquise, la deuxième, peut-être « un peu limitée »... Et si elle revenait en troisième semaine, Maman se demandait ce que je pouvais bien trouver à une « mocheté » pareille !

Ces critiques, qui parfois, m'incommodaient tant – surtout quand elles s'appliquaient à mes choix de vie –, comme elles me manquent aujourd'hui ! Dire que j'ai aimé ma mère est une banalité : je m'aperçois qu'elle m'était indispensable par sa capacité à toujours me ramener sur terre. En un mot comme en cent, elle était pour moi – et je crois pouvoir dire, pour chacun de ses quatre enfants – le point fixe de la famille.

Quand je partais en voyage – bénis soient désormais les portables ! – elle exigeait des cartes postales fréquentes, et si possible, des lettres circonstanciées. Je laisse imaginer le dilemme, quand, en 1968, externe en médecine depuis seulement deux ans, je me rendis clandestinement au Biafra pour une mission, mi humanitaire mi clandestine, en faveur des Ibos, victimes de la famine.

Le volet humanitaire n'était pas une fiction, puisque nous organisions des navettes aériennes entre le Gabon et le Biafra pour ramener à Libreville des enfants qui, sans nous, seraient morts de faim. Ce que ne savait pas ma mère, c'est que l'opération, organisée par le ministre de la Défense, Pierre Messmer, et par Jacques Focard, était double : à côté des vivres et des médicaments que nous emmenions à l'aller, il y avait aussi des armes pour les rebelles en lutte contre les Nigérians, que soutenaient, dans un bel ensemble, les Anglo-Saxons et les Soviétiques, désireux de mettre la main sur le pétrole biafrais !

Quand je suis revenu, j'ai eu beaucoup de mal à lui expliquer que, sur mon lieu de « vacances », il n'y avait pas de cartes postales !

C'est que Maman, dont la tendresse était plutôt discrète, n'exprimait ses sentiments qu'en creux : nous lui manquions dès qu'elle nous perdait de vue. Mais à notre retour, les critiques pleuvaient, surtout vis-à-vis de moi auquel elle reprochait de réussir trop

« facilement ». Je l'entends encore : « Ne te repose pas sur tes lauriers, prends garde au retour de bâton. » Au point que je la sentis presque soulagée quand, n'ayant rien fait tout au long de l'année, j'ai raté de peu mon premier concours de l'internat que j'ai réussi l'année suivante dans les premiers.

Dans les dernières années de son existence, ses critiques portaient sur ce qu'elle appelait ma boulimie de travail. Opérer aux aurores, faire mon métier de député, puis de ministre, administrer Amboise, enseigner la médecine, organiser des interventions humanitaires aux quatre coins du monde, voilà qui m'empêchait assurément de venir la voir autant qu'elle l'aurait souhaité.

Dix ans plus tard, comment n'admettrais-je pas qu'elle avait raison ! Après la disparition de mon père, nos échanges devinrent presque pathétiques :

– Je vois bien que tu n'as pas plus besoin de moi. Tu ne viens plus me voir…

– Mais, Maman, j'étais là avant-hier…

Tous deux avions raison. Je venais souvent, mais en coup de vent. Et sans doute n'étais-je pas assez attentif à l'angoisse de cette femme que je ne me résolvais pas à considérer comme une vieille dame, tant elle s'efforçait de donner le change, faute de vouloir m'avouer qu'au crépuscule de sa vie elle avait besoin d'un surcroît de tendresse.

Oui, notre orgueil à tous deux fut un peu notre croix. Et c'est aussi, sans doute, la vraie raison de ces pages.

CHAPITRE III
Souvenirs d'Outre-France

Avant ce soir de Noël 1958, je n'avais surpris qu'une fois des larmes dans les yeux de ma mère. C'était quatre ans plus tôt, à l'annonce de la chute de Diên Biên Phû. Jean-Louis et moi qui n'avions pas dix ans, terminions de dîner dans la cuisine de l'appartement familial de la rue Spontini, assombrie, soudain, par un orage de jugement dernier. Maman arrêta brusquement la radio et dit seulement : « Les malheureux. » Elle parlait des dix mille Français qui, la veille, venaient d'être faits prisonniers par le Viêt-minh, et dont nul ne pouvait imaginer que moins de trois mille reviendraient, dans l'état que l'on sait…

Mais quand nous la vîmes, ce soir-là, entrer dans notre chambre, nous comprîmes instantanément que c'est de joie que brillait son regard. Six mois plus tôt, en juin 1958, son mari avait été nommé garde des Sceaux par le général de Gaulle, dernier président du Conseil d'une IVe République en ruines qui l'avait appelé à la rescousse pour éviter à la France de sombrer dans la guerre civile – et à ses ministres d'être jetés à Seine par les parachutistes ! Six mois d'une activité intense durant laquelle notre père avait élaboré la Constitution de la Ve République, massivement approuvée par les Français, le 28 septembre suivant. Six mois durant lesquels nous l'avions déjà si peu vu !

Et voici que Maman nous annonçait, en nous faisant promettre de tenir notre langue, que nous le verrions encore moins puisqu'à partir du 1er janvier 1959, il deviendrait le Premier ministre du nouveau régime. Un Premier ministre doté, enfin de vrais pouvoirs, mais aussi et surtout, le plus proche collaborateur d'un homme qui, pour nous, constituait l'alpha et l'oméga de la fierté française, l'incarnation d'un renouveau promis depuis si longtemps que nous désespérions parfois de le connaître un jour !

– Mais cette fois, les garçons, tout sera différent. Nous allons, tous ensemble, habiter à Matignon ! Votre père aura encore moins de temps qu'avant à vous consacrer, mais au moins, nous serons sous le même toit !

Je laisse imaginer la joie des enfants que nous étions : Papa ne quitterait plus la rue Spontini aux aurores pour son « bureau » de la place Vendôme, lieu certes chargé d'histoire, mais dont les appartements de fonction étaient trop petits pour qu'y vive une famille de six personnes. Et par-dessus tout, « nous » allions succéder, à Matignon, au général de Gaulle en personne, l'homme pour lequel notre père avait risqué sa vie pendant la Résistance parce qu'il incarnait à ses yeux la survie de la France et le refus de son humiliation !

Du ministère de la Justice, nous n'avions, en tout et pour tout, qu'un souvenir. Un souvenir par procuration que Maman, dans sa détestation presque irrationnelle de François Mitterrand, nous avait complaisamment transmis : quand mon père avait pris possession de son bureau de ministre de la Justice, qu'occupait deux ans plus tôt ce même Mitterrand, il avait demandé qu'on répare l'unique télévision du ministère, afin de pouvoir suivre les actualités du soir. Mais on lui avait annoncé qu'il valait mieux envisager l'achat d'un nouveau poste. En quittant la place Vendôme, en effet, son lointain prédécesseur avait emporté celui qui s'y trouvait, flambant neuf, pour le remplacer par sa télévision personnelle, inutilisable depuis longtemps !

Autre temps, autres mœurs : Papa, que ce genre de travers affligeait, n'avait rien dit. Mais il avait sorti son carnet de chèque et payé, de sa poche, un récepteur tout neuf. Il ne serait pas dit qu'il transmettrait à son successeur, une télévision inutilisable que ni Corniglion-Molinier, ni Robert Lecourt, qui avaient successivement pris la suite de Mitterrand, ne s'étaient donné la peine de remplacer…

Je revois encore la colère de ma mère, en apprenant les pérégrinations de l'étrange lucarne : « Le Général a raison. Ce Mitterrand n'est qu'une arsouille. Vous vous rendez compte, les enfants ! Prendre pour lui le poste tout neuf acheté par l'État, c'est-à-dire par les impôts des Français, et mettre à la place celui de son domicile privé qui est cassé ! » Je crois même que, dans son indignation, Maman avait profité de la première occasion pour raconter l'anecdote à Mme de Gaulle, qui n'avait guère besoin de cela pour verser, elle aussi, dans une mitterrandophobie primaire et assumée.

Quand, trente-six ans plus tard, je me suis retrouvé en face de François Mitterrand, devenu président de la République, pour mon premier Conseil des ministres, je n'ai pu m'empêcher de repenser à cette histoire de télévision, tellement vénielle, mais si typique, pourtant, d'une mentalité ! Deux ans auparavant, en 1992, puis une nouvelle fois en 1994, j'avais certes passé beaucoup d'heures à son chevet, lorsque, chef de service à l'hôpital Cochin, je l'avais opéré avec le professeur Steg, mais j'avoue qu'il m'était d'abord apparu comme un malade dont la maladie même m'interdisait de penser à autre chose qu'à mon devoir de médecin. La première fois, nous étions en pleine campagne référendaire pour le traité de Maastricht. Il le défendait, je le combattais. Nous n'avons parlé que de la vie et de la mort. Et aussi, je me souviens, de la petitesse des hommes. Pourquoi l'anecdote de la télévision n'a-t-elle pas resurgi à ce moment précis ? Sans doute parce que je n'avais d'yeux et d'oreilles que pour le patient qu'il était, et pour l'extraordinaire combativité dont il faisait preuve face au cancer, qualité que je n'ai jamais cessé d'admirer chez lui. Sa phrase exacte était : « C'est un combat honorable, non ? » Il le pensait tellement qu'à sa sortie de l'hôpital, il la répéta textuellement devant les caméras.

Mais quand, devenu ministre d'Édouard Balladur, je revis ce visage de sphinx marmoréen nous scruter avec une indicible expression de mépris, là oui, je me suis souvenu de sa maudite télévision. Grâce d'État ou pas, c'est l'éternel Mitterrand que j'avais face à moi. L'homme qui, pour défendre ses intérêts ne reculait devant rien, qu'ils fussent vitaux ou mesquins, immenses ou minuscules, politiques ou claniques…

Le soir même, je téléphonais à mes parents qui avaient hâte de savoir comment s'était passé le Conseil. Je lançais à Maman :

– Tu sais, quand je lui ai serré la main, j'ai repensé aux combats de mon père contre cet homme.

Et du tac au tac, elle me répondit :

– Tu ne lui as pas demandé s'il sautait toujours aussi bien au-dessus des bosquets ?

Dans l'instant, je ne compris pas ce qu'elle voulait dire. Ou plutôt, je ne compris qu'à moitié : dans sa haine inextinguible de Mitterrand, ma mère faisait allusion au faux attentat de l'Observatoire, qui avait vu l'intéressé sauter par-dessus un taillis pour échapper aux rafales de son complice Pesquet, censé mettre en scène la tentative d'assassinat grâce à laquelle Mitterrand, marginalisé par le retour du Général au pouvoir, devait rebondir sous la défroque du martyr.

Quelques jours passèrent puis, lors d'une visite rue Jacob, je dis à ma mère :

– J'ai repensé à ta réflexion sur Mitterrand et l'Observatoire. Tu ne crois pas que tu exagères un peu ? Il est ce qu'il est, mais c'est tout de même le président de la République. L'Observatoire, c'est de l'histoire ancienne, et depuis, quoi que tu puisses en penser, Mitterrand n'a pas déshonoré les devoirs de sa charge. Nous le combattons, d'accord, mais il n'est plus l'« arsouille » que tu nous décrivais quand nous étions petits…

À ma grande surprise, Maman, qui perdait facilement son calme quand on se hasardait à ne pas dire de mal de François Mitterrand, eut un étrange sourire et, se tournant vers mon père, lui dit :

– Michel, tu permets que je raconte ce que nous savons ?

Alors, Papa, prudent :

– Ce que tu sais ! Je t'ai dit cent fois que nous n'avions jamais pu le vérifier…

Ce que m'apprit alors ma mère était à proprement parler hallucinant. Quelques jours avant « l'attentat » en question, en octobre 1959, elle avait reçu, à l'heure du dîner, un étrange coup de fil de la tante Denise, la femme de son frère Pierre :

– Écoute, Ninette, je ne suis pas folle : je viens de voir Mitterrand sauter trois fois de suite au-dessus d'un buisson, square de l'Observatoire. Il avait l'air de s'entraîner pour une compétition. Il a sauté une première fois en pardessus, une deuxième fois sans, et la troisième il a remis son manteau…

Tante Denise, dont l'appartement surplombait l'avenue de l'Observatoire, était formelle. La nuit tombait mais le gymnaste en question était bel et bien Mitterrand, ci-devant garde des Sceaux et sénateur de la Nièvre. Le bosquet qu'il avait choisi pour faire son *steeple-chase* était éclairé par un réverbère, et ma tante avait d'autant moins de doute qu'au deuxième saut, elle avait appelé son mari. Et oncle Pierre avait confirmé.

Ainsi donc, pour ma mère, la forfaiture était démontrée : non seulement Mitterrand avait concocté un faux attentat, mais il s'était entraîné à sauter avec efficacité, au cas où le tireur, recruté pour le jour « J », aurait oublié d'être maladroit !

Aussitôt, je me tournais vers mon père qui, après avoir obtenu la preuve de la duplicité de Mitterrand, s'était battu jusqu'au bout pour obtenir la levée de son immunité parlementaire, laquelle avait échoué de peu en raison de l'attitude d'Edmond Michelet, alors garde des Sceaux, qui avait eu le tort, à ses yeux, de laisser traîner l'affaire, définitivement purgée par la loi d'amnistie de 1966.

– Écoute, me dit-il, ce que je sais, c'est qu'aussitôt après l'affaire de l'Observatoire, nous avons fait le rapprochement avec le coup de téléphone de ta tante. Tu imagines bien que j'ai fait enquêter plutôt deux fois qu'une. Mais elle et ton oncle étaient les seuls témoins de la « répétition »... J'avais assez de preuves comme cela sur le caractère factice de l'attentat sans me lancer sur une piste difficile à établir...

Féru de droit romain, papa était pétri, jusqu'à l'excès, de l'adage célèbre qu'il nous opposait quand, comme tous les enfants, nous jurions nos grands dieux d'avoir vu ce que nul autre être vivant n'avait vu avant nous : *Testis unus, testis nullus.* Donc acte. Pour Maman, cependant, l'affaire était entendue : non seulement Mitterrand échangeait frauduleusement des télévisions neuves contre des télévisions hors d'usage, mais en plus, il s'entraînait nuitamment à sauter par-dessus les bosquets ! Pour elle, en un mot comme en cent, il resterait une « arsouille ».

Dans cette expression, sortie tout droit du vocabulaire très « Belle époque » du général de Gaulle (qui était aussi celui de mon grand-père Lemaresquier), Maman mettait une foule de choses : d'abord et surtout la confusion, gravissime à ses yeux, entre les intérêts personnels et ceux de l'État – j'avoue qu'en l'espèce, son intuition était prémonitoire, car comment imaginer, en 1958, que Mitterrand, devenu président de la République, serait l'homme qui ferait de Bernard Tapie un ministre ou qui couvrirait de son autorité complice tant d'abus commis par ses intimes ? – mais aussi une attitude consistant plus généralement à tirer profit de tout, et spécialement des avantages que procure l'exercice du pouvoir.

Ainsi, avait-elle été choquée d'apprendre que lorsque Pompidou fut convoqué par de Gaulle pour s'entendre annoncer qu'il remplacerait mon père à Matignon, il n'avait pas hésité à garer sa Porsche 356 dans la cour de l'Élysée. Nous en avons souvent parlé et je n'étais pas de l'avis de Maman : je considérais, moi, que cette incontestable faute de goût participait au contraire d'une totale absence de malice.

Pur produit de la méritocratie républicaine, Pompidou, fils de paysans du Cantal, avait réussi à l'université puis dans les affaires. Il n'avait pas volé sa situation et aimait les voitures. Pourquoi l'aurait-il caché ? Le Général, peu suspect de vénérer « l'argent-roi » ne lui avait pas tenu rigueur de cette irruption un peu tape à l'œil dans l'histoire politique française – même s'il lui avait demandé de ne pas recommencer – et se méfiait bien davantage des affectations de simplicité d'un Giscard (qui prendra soin, lui, châtelain et inspecteur des Finances de venir, à pied, prendre possession de l'Élysée !) que des petits dérapages de Pompidou, dont l'honnêteté foncière avait pour pendant la franchise. Quand on n'a rien à cacher, pourquoi se cacherait-on ? Je préfère quant à moi un Premier ministre fier de sa réussite (et dont la passion fut de faire réussir la France) arrivant – une seule fois – en Porsche à l'Élysée, qu'un autre débarquant à Matignon en 2 CV, entre deux haies de journalistes bardés d'optiques, pour faire oublier qui l'on est et d'où l'on vient !

Las ! S'agissant de la politique, Maman n'avait pas de ces indulgences. Sa rigueur dépassait même celle de mon père, qui laissa bien des souvenirs dans l'administration pour son refus de composer avec les tolérances les plus ancrées !

L'arrivée de la famille à Matignon, dans le sillage de De Gaulle, fut, de ce point de vue, un morceau d'anthologie. Habituée à gérer les grandes maisons – entendez par grandes, celles qui le sont autant par l'étendue de la famille que par la surface habitable, mais pas nécessairement par le portefeuille de ses occupants – elle voulut tout voir, tout gérer, tout régler. Que nous soyons hébergés par l'État était presque plus angoissant pour elle que si nous avions été à la rue!

Dès les premiers jours de notre arrivée à l'hôtel Matignon, elle mit au point un rituel auquel pas une épouse de ministre actuel, *a fortiori* de Premier ministre, n'aurait aujourd'hui l'idée de sacrifier, tant est devenu naturelle l'habitude de profiter sans limite des moyens de l'État: l'établissement des comptes journaliers.

Comme à la maison, le cuisinier de Matignon, Marcel Le Cervoz, apportait chaque matin le livre des dépenses, que ma mère vérifiait avec attention. Avait-il été trop dispendieux? Elle demandait qu'on réduise les achats d'alcool, et faisait mettre de côté les bouteilles de vin entamées pour qu'elles soient finies à la table familiale. Puis c'était l'édification des menus. Quand il n'y avait pas de déjeuner ou de dîner officiel, le régime était des plus sévères, surtout celui du soir: potage, œufs à la coque, pas ou peu de viande, fruits. Dans le cas contraire, qui était évidemment le plus fréquent, les enfants déjeunaient ou dînaient à la cuisine. Tout au plus, Marcel nous faisait-il parvenir les restes de plats de la grande salle à manger.

S'il est un point sur lequel Maman ne fut pas regardante à la dépense, en plein accord avec mon père, ce fut pour le confort du personnel employé à Matignon. Quelle ne fut pas la surprise des fonctionnaires chargés de nous accueillir quand, à la question de savoir le type de mobilier national qu'elle voulait voir extrait des réserves, et si elle souhaitait des travaux éventuels dans les appartements privés, elle répondit :

– Montrez-moi d'abord les chambres de service !

Ce qu'elle découvrit alors l'édifia : les conditions de logement des employés de maison du Premier ministre n'avaient pratiquement pas changé depuis le XIXe siècle ! Pas ou peu de chauffage sous les combles, des douches et des WC sur le palier, des peintures craquelées et des papiers peints fleurant bon l'entre-deux-guerres, bref, glacière assurée l'hiver et fournaise garantie l'été…

Le résultat fut immédiat : alors que nous nous étions installés à Matignon dans les premiers jours de janvier, la réfection des combles commença en février et, avant la fin de l'hiver, tout fut terminé. C'est dire si Maman fut instantanément considérée comme la bonne fée des lieux, même et surtout quand elle en demandait un peu trop au personnel en matière d'économies, puisque c'est nous qui, à la fin des fins, faisions les frais de son zèle.

En janvier 1961 – je ne me souviens de la date qu'à cause du referendum qui en constitua le décor, celui sur l'autodétermination de l'Algérie – Jean-Louis et moi connûmes ainsi une aventure qui acheva de nous convaincre qu'il ne fallait pas plaisanter avec les moyens de la République.

Nous avions alors quinze ans passés, et Maman ne cessait de nous mettre en garde contre nos « nouveaux » amis. Par « nouveaux », il fallait entendre ceux que nous nous étions faits à la vitesse de l'éclair, sitôt Papa entré à Matignon... Certains mêmes, issus de familles qui nous avaient snobés pendant la traversée du désert du Général – et partant, pendant celle de mon père...

Maman était-elle rabat-joie de nous rappeler souvent que, parmi nos amis, il y aurait toujours ceux d'avant – sous-entendu : les sincères – et ceux d'après, autrement dit les « intéressés » ? Sur le moment, nous lui en voulions. Mais avec le recul, quelle leçon de choses, même s'il y eut des exceptions, autrement dit de « vrais amis d'après »...

Si l'on ajoute à cela l'atmosphère pesante de l'époque, notre liberté de mouvement était assurément limitée. Notre père étant, à la fois, la bête noire de l'OAS et du FLN algérien, mieux valait pour ses enfants ne pas trop tenter le diable en sortant sans protection, voire, en sortant tout court. « Si vous êtes invités, répétait souvent Maman, ce n'est pas pour vos beaux yeux, mais parce que vous vous appelez Debré. »

Je n'ai jamais su si elle le pensait complètement où si une part d'inquiétude se dissimulait sous cet assaut de réalisme décapant !

Toujours est-il que, privé de sortie, je décidais donc, de sauter sur la première occasion pour inviter mes amis à Matignon. Ma mère ayant décidé, sans doute pour des raisons de sécurité, de ne pas nous emmener en Touraine, où ils passeraient le week-end et en profiteraient pour voter, la voie était libre. Le complot avait été mené de longue main : la soirée aurait lieu, le samedi, dans le pavillon de musique, au fond du jardin. Je m'occuperai du Teppaz et de la boisson, copains et copines amenant chacun quelque 45 tours : Johnny, Les Chaussettes noires, Dalida…

À peine la DS noire qui emportait mes parents avait-elle passé le porche de Matignon, suivie par la 403 des officiers de sécurité, que je traversais la cour à toutes jambes vers le poste de garde chargé de filtrer les visiteurs :

– Mes parents ont oublié de vous donner cette liste en partant ! C'est celle des personnes qui doivent venir ce soir !

Pas étonné pour un sou de découvrir qu'en l'absence du Premier ministre, trente personnes étaient attendues à dîner, en sus des trois ou quatre habituelles invitées par le membre du cabinet de permanence ce week-end là, le planton rangea soigneusement ma liste dans sa poche et me fit signe de la tête que tout était noté.

Mais une moins bonne surprise m'attendis quand j'entrepris de visiter la réserve aux alcools de l'office, toujours bien remplie – car pour être économe, Maman n'en était pas moins prévoyante. Et là, rien. Un désert absolu ! Plus de whisky, plus de champagne, pas le moindre porto, encore moins de bouteilles de vin entamées : une vision de l'enfer sur terre pour tout apprenti fêtard qui se respecte. Décidément, le mystère s'épaississait. Alors, je dévalais l'escalier menant à la cave, sanctuaire des sanctuaires où régnait en maître Marcel Le Cervoz, et où, on l'imagine, je n'avais jamais mis les pieds. Bouclée elle aussi ! Remontant quatre à quatre dans ma chambre, je ramassais mon argent de poche du mois et allais, en hâte, acheter quelques bouteilles de coca et de jus de fuit, plus une bouteille de rhum agricole, c'est tout ce que mes moyens me permettaient !

À vingt heures, les amis sont là. L'honneur est sauf : ils ne boiront pas que de l'eau du robinet ! Rock essuie-glaces, slows langoureux... L'ambiance commence à devenir intéressante quand, à minuit précises, trois gardes républicains font irruption dans le pavillon de musique transformé en dancing.

– Il est minuit, les ordres de votre mère… la fête doit s'arrêter.

Et voici copains et copines gentiment reconduits à la sortie ! À seize ans, on a « l'affaire des fuites » qu'on peut. Ainsi, ma mère était au courant, avait laissé faire… Mais en prenant bien soin de boucler les alcools et de confier aux gardes républicains le soin d'empêcher la « boum » de se transformer en « surboum » et, de là, qui sait, en bacchanale ! Pour autant, l'humiliation n'était pas finie. Dès son retour, le dimanche soir, elle me demanda des nouvelles de ma soirée :

– Alors, cette petite fête, réussie ?

Voyant que je ne savais pas bien quoi répondre, elle enchaîna :

– J'espère que vous avez fait le ménage dans le pavillon de musique…

Évidemment, nous ne l'avions pas fait. Et nous dûmes nous exécuter sous le regard, mi-amusé, mi-compatissant, du maître d'hôtel de permanence, un appelé du contingent. Lequel n'aurait jamais imaginé que des enfants de Premier ministre puissent faire son travail. Ou plutôt, ce qu'une autre que maman n'aurait pas manqué de considérer comme son travail !

Ce souci de séparer les choses de l'État de la sphère familiale était poussé chez ma mère à un tel paroxysme, que je ne l'ai jamais vu utiliser le personnel de Matignon pour le ménage de nos appartements privés. La cuisinière et femme de chambre qui était dans la famille depuis des années venait chaque jour rue de Varenne assurer le service qui était le sien quand nous habitions rue Spontini. Seule entorse à ce rigorisme : il me semble qu'une ou deux fois, Maman envoya un chauffeur pour la raccompagner, tant la malheureuse était chargée ! Payée par mes parents, elle venait prendre le linge pour le repasser, puis le rapportait. Quand une nappe avait servi pour un dîner privé, elle partait rue Spontini. Quand elle avait été utilisée dans une circonstance officielle, Matignon s'en chargeait !

Intraitable avec elle-même, quant aux principes, Maman l'était aussi avec les autres, aussi puissant fussent-ils. Et c'est peu dire qu'un jour, elle qui ne se mêlait jamais de politique faillit créer un authentique incident diplomatique avec les États-Unis !

En juin 1961, le secrétaire d'État américain, Robert McNamara – l'homme dont l'histoire retiendra qu'il a déclenché la guerre du Vietnam – avait été reçu à dîner par mes parent, à l'occasion de la visite à Paris de John et Jacky Kennedy. Comme chaque fois, nous avions été autorisés à passer une tête au moment du café, et nous avions, non sans une certaine fascination, observé cet homme qui passait, à juste titre, pour l'un des cerveaux les mieux faits de sa génération.

Le matin même, au petit déjeuner, mon père nous en avait fait une description qui ne pouvait que susciter notre curiosité : il nous avait expliqué comment, dès la Seconde Guerre mondiale, cet ancien *Whiz kid* (petit génie) du Strategic Air Command qui, disait-on, avait troqué son cerveau contre un « calculateur électronique » (on ne parlait pas encore d'ordinateur) avait décuplé l'efficacité des bombardements américains sur l'Allemagne en convertissant l'état-major aux vertus de la statistique industrielle, en même temps qu'aux méthodes de « recherche opérationnelle » et autres « analyses de système ». Nous ne savions pas encore à l'époque que le Vietnam serait le tombeau de ses théories. Lui non plus, apparemment qui, pendant ce dîner, tint paraît-il tout le monde en haleine en expliquant à qui voulait l'entendre qu'il était parvenu à mettre en équation le tonnage des bombes larguées sur un pays et la probabilité, pour chaque camp, de devoir négocier, tout en confiant que son premier plaisir de la journée, pendant la guerre de Corée, était de comptabiliser le nombre de cadavres pour déterminer le seuil au-delà duquel les pertes communistes deviendraient insupportables...

Je me souviens que mon père l'avait trouvé inquiétant, et maman tout simplement inhumain. Quant à moi, les choses étaient beaucoup plus simples : grand lecteur d'Edgar P. Jacobs, j'identifiais tout bonnement McNamara au docteur Septimus de la *Marque jaune*, le savant fou qui veut dominer le monde en prenant le contrôle des cerveaux grâce à son « télécéphaloscope »...

En ce soir de printemps, nous comprîmes très vite, pourtant, que ce n'est pas de nos cerveaux que s'était emparé le tout-puissant chef du Pentagone, mais des couverts de Matignon !

À peine le secrétaire d'État américain avait-il repris le chemin de son ambassade, que Marcel Le Cervoz s'était précipité vers ma mère :

– Madame, il manque les couverts en vermeil à la place du ministre américain.

C'est la seule fois de ma vie que je vis Maman entrer sans frapper dans le bureau de mon père, qui s'était remis à travailler :

– Michel, le personnage que nous venons de recevoir à notre table a emporté avec lui ses couverts. Je ne conçois pas que les choses puissent en rester là.

Le Premier ministre ne l'imaginait pas davantage. Sans même en référer à l'Élysée (qui, il le savait bien, l'aurait approuvé), mon père dicta, dès le lendemain matin, une lettre que McNamara trouverait à son retour aux États-Unis. Telle fut sa seule concession à la diplomatie. Kennedy étant encore à Paris, il n'était évidemment pas question de gâcher tant soit peu sa visite par une question d'intendance. Même si celle-ci en disait plus long que tous les discours sur l'incroyable mentalité d'un homme qui prétendait gérer les affaires du monde avec la rigueur d'un programmeur informatique. Son geste était-il un simple « bug » ou signifiait-il que, dans son logiciel personnel, la prédation avait droit de cité dans les relations internationales ?

La réponse ne se fit pas attendre : une semaine plus tard, les couverts étaient de retour, accompagnés, non d'une lettre d'excuse, mais d'un mot d'explication. McNamara révélait en effet sans la moindre gêne à mes parents qu'il avait l'habitude d'agir ainsi, partout où il allait, afin de constituer, pour ses enfants, une collection de souvenirs de voyages issus des palais nationaux du monde entier. Et il osait ajouter que c'était bien la première fois qu'on lui demandait de les rendre !

Quitte à être cruel avec mes contemporains, je ne peux m'empêcher, en repensant à ces années, de comparer l'attitude, certes un peu rigide, de ma mère avec celle des femmes de ministres qui, ces dernières années, ont tellement défrayé la chronique, telle en exigeant l'aménagement d'une salle de remise en forme dans les locaux du ministère, telle en changeant trois fois de mobilier national en deux ans, sans parler des achats personnels effectués grâce aux fonds secrets, largement distribués par le mari… Et que dire des toilettes jamais payées au motif qu'on ne réclame pas d'argent à l'épouse d'un personnage officiel, sa seule présence chez un couturier valant publicité !

Entre l'attitude de ma mère et celle de certaines épouses ministérielles d'aujourd'hui, je conçois bien qu'un abîme s'est creusé ! Le même, sans doute, qui séparait les patriciens romains du temps de Caton l'Ancien de ceux du Bas Empire… Mais tandis que la République romaine aura mis quatre siècles à abdiquer ses principes, celle que j'ai vu naître, voici quarante-cinq ans, me semble aussi lointaine, parfois, que celle du vieux Caton !

Est-ce la rigueur inculquée par ma mère qui se révèle aujourd'hui désuète, ou l'incroyable confusion des rôles d'aujourd'hui qui témoigne d'un dérèglement inadmissible des mœurs publiques ? Alphonse Allais ne faisait pas tant d'humour que cela quand il prétendait qu'une fois les bornes dépassées, les limites n'existent plus.

Excessive sans doute, la sévérité de Maman pour la manière de vivre des Pompidou – la fréquentation du show-biz et des terrasses de Saint-Tropez – me paraît aujourd'hui le signe d'une solide et profonde intuition. L'intuition qu'en politique, l'important est moins l'honnêteté – condition certes nécessaire, mais non point suffisante – que les signaux qu'on adresse aux autres. Que l'intégrité personnelle de Georges Pompidou fût totale, nul, je pense, n'en a jamais douté. Mais que son septennat interrompu reste dans la mémoire collective comme celui des scandales (le fameux « gaullisme immobilier » qui révulsa tant mes parents et ne fut pourtant rien comparé aux turpitudes qui ont suivi) n'est sans doute pas un hasard.

En transgressant certains tabous – celui, par exemple, de ne jamais s'afficher, quand on dirige l'État, au côté de gens dont le métier est de s'enrichir en dormant – l'ancien président qui, lui, ne s'était enrichi qu'en travaillant et perdit la vie sans jamais s'être ménagé au service de la collectivité, n'a-t-il pas, même involontairement, décomplexé ses successeurs ?

Oui, plus les souvenirs que m'a laissés ma mère me reviennent avec insistance, et plus j'ai conscience de remuer ceux d'une outre-France, à des années-lumière de celle qui s'annonce. Est-ce pour cela que je n'ai jamais voulu faire de la politique mon métier, bien que la politique m'ait toujours passionnée ? Je le crois plus que jamais. Et de cela, aussi, Maman, je te dis merci !

CHAPITRE IV
Un couple

Oserais-je écrire que sans ma mère, mon père n'aurait pu donner la pleine mesure de lui-même ? Ce serait, certes, lui dénier sa formidable énergie créatrice, cette soif jamais éteinte de réforme qui, avant même de donner sa pleine mesure au début de la Vᵉ République, fut à l'œuvre dès les années de guerre quand, membre du Comité général d'études créé par Jean Moulin (les neufs sages de la Résistance), il travaillait déjà à mettre en musique les grandes réformes de la Libération. Ce serait aussi prêter à ma mère une influence politique qu'elle n'avait pas. Et dont elle ne voulait surtout pas, tant elle appliquait à son couple la distinction qu'elle aurait souhaité voir respecter entre les affaires privées et celles de l'État.

On aura compris qu'elle était tout sauf une femme soumise. C'est dire si, en acceptant d'aider mon père à assumer sa passion de la France, c'est un choix d'authentique liberté qu'elle exprima, tant il lui paraissait naturel de rendre la vie plus simple à un homme qu'absorbait le service des autres. C'est dire aussi combien mon père, en choisissant d'épouser ma mère, reconnut en elle le contrepoids dont il avait besoin pour lester son action quotidienne.

Peu après sa mort, comme j'évoquais avec elle ce que fut son existence à ses côtés, alternant impératifs domestiques et obligations officielles, Maman eut ce mot qui résumait tout :

– Je crois que, sans moi, il en aurait oublié la vie !

Peut-on mieux signifier qu'à côté de l'éducation de ses enfants, elle eut toujours le souci de ramener son mari sur terre en perçant, avec une régularité de métronome, la bulle dont il s'entourait. Qui sait même si, sans elle, ses réformes n'auraient pas été différentes, en un mot comme en cent, moins incarnées. Révulsé qu'était mon père par l'amateurisme du personnel politique de la Troisième République qui avait lentement mais sûrement amené la France au bord du gouffre, la tentation technocratique était, en effet, récurrente chez lui. Quand on a créé l'ENA et l'École nationale de magistrature, ô combien indispensables dans les années d'après guerre, il en reste toujours quelque chose !

Même si je n'ai jamais entendu ma mère discuter, sur le fond, des réformes de mon père, je me souviens nettement d'une de ses réflexions, au moment des grandes lois d'orientation agricoles de 1960 qui, furent, à juste titre, sa fierté :

– Michel, en as-tu parlé à Duplessis ?

Ce Duplessis, dont j'ai oublié le prénom n'était ni un notable de la région d'Amboise, ni un conseiller de mon père qu'aurait particulièrement apprécié Maman. Seulement un petit agriculteur qui vendait ses légumes sur le marché de Montlouis et avec lequel elle discutait interminablement quand elle faisait ses courses. Duplessis s'était ouvert devant elle du risque qu'il voyait dans la concentration des terres, certes indispensable à la survie des exploitations, mais qui pouvait être fatale à la sienne. Alors, le dimanche suivant, le Premier ministre fut requis par sa femme pour tester, devant Duplessis, l'exposé des motifs de la loi qu'il défendrait, le mercredi suivant, devant le Conseil des ministres puis au Parlement ! Et comme Duplessis s'était trouvé rassuré par les arguments de Papa, Maman l'avait été avec lui.

Ainsi allait leur vie de couple, fondée non sur un classique partage des rôles, mais sur l'assurance mutuelle de pouvoir se reposer sur l'autre. Pour ma mère, les choses étaient clarissimes : l'homme qu'elle aimait ayant consacré sa vie publique à l'homme qui, pour elle, se confondait avec la France, il ne pouvait qu'avoir fondamentalement raison, à condition de ne pas se laisser enfermer dans l'abstraction qui menace les cerveaux les mieux faits – et spécialement ceux qui sont constamment en ébullition. Quant à mon père, il savait que, grâce à ma mère, l'équilibre familial serait constamment préservé.

L'un et l'autre imaginaient-ils les épreuves qu'ils allaient devoir traverser quand ils se rencontrèrent pour la première fois, à la fin du printemps 1936 ?

En cet été du Front populaire, mon père ronge son frein. Entré au Conseil d'État deux ans plus tôt, il a eu tout le loisir de constater l'aboulie d'une classe politique inerte face à la montée des périls. À l'exception de Paul Reynaud, la droite lui semble disqualifiée pour diriger le pays. À tel point que, sur l'instant, et contrairement en cela à l'écrasante majorité de ses camarades, qui voient en Blum l'huissier du communisme, lui considère plutôt d'un bon œil la victoire du Front populaire. Et si l'antinazisme revendiqué de la gauche était l'électrochoc qui permette au pays de se redresser ? Un mois plus tard, tout est consommé : alors que l'Allemagne travaille soixante heures par semaine pour forger l'outil militaire qui nous écrasera, les socialistes décrètent – déjà ! – la réduction unilatérale du temps de travail et le salut par les loisirs ! Certes la condition ouvrière était déplorable mais cette réduction participait à la cécité du gouvernement devant le réarmement de l'Allemagne.

Désespéré, mon père suit la mode et se réfugie – pour la première et dernière fois de sa vie ! – dans tout autre chose que le travail : pendant que les premiers congés payés prennent le chemin du bord de mer, lui prend celui du théâtre – sa seule vraie distraction en dehors de la peinture et de la sculpture que, cependant, il ne pratiquait pas – et met en scène Labiche, le seul auteur qui fût capable de le faire rire aux éclats ! Un an plus tôt, pour « décompresser » – qu'il me pardonne d'utiliser ce mot qu'il détestait dans la bouche de ses petits-enfants, tant il était synonyme pour lui de relâchement – il avait créé, avec des camarades du Conseil d'État, la Compagnie Eugène Labiche, un groupe d'amateurs cependant très « professionnels » qu'il transformera, après la guerre, en Association des amis de Labiche, une « secte » dont il restera, jusqu'à ses derniers jours, l'inlassable gourou…

Et voici qu'un beau jour de juin 1936, il voit se planter devant lui une longue liane brune de vingt-quatre ans, candidate au rôle d'Hermance dans *Le plus heureux des trois*, dont la « première » est prévue pour le 1er juillet – la date est restée gravée dans ma mémoire car je possède encore le programme de cette soirée, transmis par ma mère à ses quatre enfants et sur lequel on peut lire : Michel Debré dans le rôle d'Ernest ; Anne-Marie Lemaresquier dans celui d'Hermance…

Au premier mot de la belle Anne-Marie, Michel a pris sa décision : elle sera son Hermance. Et à l'issue de la troisième répétition, s'impose, irrévocable, sa résolution : il la demandera en mariage. Entre-temps, la belle Hermance aura conquis, non plus seulement les yeux, mais l'esprit d'Ernest. Au hasard d'un rendez-vous au café Procope, non loin du Conseil d'État, mon père a en effet découvert que sa bien aimée était, comme lui, férue de culture antique. Cherchant sans doute à l'impressionner, il lui confie au détour d'une phrase qu'en 1932, lui et son ami Jean Bernard (qui fut l'élève de mon grand-père avant de devenir l'immense médecin que l'on sait) ont remporté, *ex aequo*, le fameux concours des Annales, cet invraisemblable monument d'érudition par lequel une poignée de forts en thèmes devaient identifier les auteurs de quelque soixante-trois citations classiques en vers et en prose. Admirative, sans doute, mais nullement démontée, Anne-Marie, *alias* Hermance, lui demande de lui poser, au débotté, quelques-unes des colles qu'on lui a soumises lors du concours… Et voici que, non contente d'identifier la plupart des auteurs, elle complète certaines citations !

Le 19 décembre suivant, mes futurs parents se mariaient et, en 1939, naîtra Vincent, mon frère aîné, suivi de François, en 1942. Mais entre ces deux dates, que de bouleversements ! Quand Vincent voit le jour, ma mère est l'épouse d'un brillant maître de conférence à Sciences-Po dont l'influence grandit chaque jour dans l'entourage de Paul Reynaud ; quand elle donne naissance à François, elle est mariée à un proscrit, fiché par la Gestapo et qui, bientôt, entrera définitivement dans la clandestinité. En 1943, elle s'installera à Bertranet, un petit village du Lot-et-Garonne où son père possède une maison et où, pense-t-elle, les privations seront moins pénibles pour les enfants.

Fallait-il être amoureux ou inconscient – ou les deux à la fois – pour donner la vie en ces jours où mon père risquait quotidiennement la sienne, ne revoyant sa famille que clandestinement, entre deux réunions non moins clandestines ! Quand Jean-Louis et moi naissons à notre tour, le 30 septembre 1944, ma mère est enfin rassurée sur le sort de mon père, dont elle n'a eu de nouvelles que par la radio, le courrier n'étant pas encore rétabli. Elle sait qu'il est sain et sauf, en poste depuis le 10 août, comme commissaire de la République pour la région d'Angers. La dernière fois qu'elle l'a vue vivant, il partait à bicyclette pour l'Anjou, avec la mission d'y arriver juste avant les Américains – et si possible, avant que les Allemands n'aient évacué la ville ! – dans le but d'occuper le terrain au nom du général de Gaulle et du gouvernement provisoire. Sans parler de l'aplomb qu'il fallut à mon père pour s'imposer, seul, au préfet de Vichy qui refusait de s'effacer, mais aussi et surtout au général américain qui entendait prendre seul les choses en main, imagine-t-on ce que furent ces cinq cents kilomètres passés à pédaler sur les routes d'un pays en guerre livré à l'avance des uns et à la retraite des autres ?

Plus tard, Maman me raconta le frisson rétrospectif qui la parcourut quand mon père lui avoua qu'en partant pour cette équipée, il avait commis, par nécessité, l'imprudence absolue : emporter avec lui ses deux cartes d'identité. La vraie, au nom de Michel Debré, né à Paris, maître des requêtes au Conseil d'État ; et la fausse, celle de Michel Jacquier, fonctionnaire, né à Lifou, en Nouvelle Calédonie. Un double passeport pour la torture et la mort en cas d'arrestation...

Oui, si pour beaucoup de Français, l'été 1944 fut un temps d'allégresse, il fut pour ma mère celui de l'inquiétude suprême : perdrait-elle son mari en même temps que le pays recouvrait sa liberté ? Chacune de ses visites dans le Sud-Ouest était pour elle une joie en même temps qu'une angoisse : elle savait qu'en quittant Paris, royaume de l'anonymat, papa multipliait les risques d'être reconnu. Matériellement, cette période ne fut pas moins difficile. Certes, grâce à l'aide de mon grand-père Lemaresquier, la famille n'était pas dans le dénuement, mais il faut avoir à l'esprit que, depuis son immersion dans la Résistance, au début de 1943, mon père était non seulement recherché par les Allemands et ses auxiliaires de Vichy, mais aussi privé de salaire. Qui sait si cette période n'a pas accentué chez maman qui, pourtant, n'eut plus jamais à se priver de rien par la suite, son étrange sens de l'économie ?

Quant à moi, qui vins au monde à l'issue de cette épreuve, j'avoue n'avoir conservé de cette épopée, maintes fois racontée à l'enfant que j'étais, qu'un souvenir pittoresque : les yeux écarquillés de mes camarades d'école quand je leur racontais que mon père était sans doute le meilleur cycliste de sa génération, puisque contrairement aux champions du Tour de France, il ne craignait pas de faire cinq cents kilomètres avec un vélo sans dérailleur, chargé de deux sacoches et d'une valise sur le porte-bagages !

Vivre au côté de mon père pendant la IVe République fut à peine moins reposant pour ma mère. Passées les deux années enivrantes du Gouvernement provisoire qui firent de lui le conseiller le plus écouté du général de Gaulle, l'angoisse revint avec le départ de l'Homme du 18 juin, chassé du pouvoir par une République qu'il avait, selon ses propres termes, « ramassée dans la boue » avant de la rétablir dans son intégrité. Que Winston Churchill, l'autre géant de la « vieille Europe » ait été lui aussi, au même moment, renvoyé dans ses foyers une fois écartée la menace de mort qui pesait sur son pays, n'était pas de nature à consoler mes parents qui, pour une fois, refusaient de donner raison à Plutarque, suivant lequel « l'ingratitude est la marque des peuples forts». Que les Britanniques se fussent montrés aussi ingrats que les Français leur rappelait simplement qu'aucun sacrifice, jamais, ne porte ses fruits définitivement.

Pour Maman, l'habitude des soirées passées sans son mari allait persister. Car loin de se contenter de représenter le gaullisme au Parlement – il se fera élire, en 1948, sénateur d'Indre-et-Loire (on disait alors conseiller de la République) – mon père s'engage, dès l'origine, dans l'aventure du RPF qui, à partir de 1947, et jusqu'aux élections législatives, va faire trembler sur ses bases la IVe République. Et c'est peu dire que l'atmosphère électorale de l'époque n'est guère à la décrispation !

Quand le parti communiste veut empêcher un meeting gaulliste, c'est à coups de boulons de 12 mm que ses « gros bras » visent le public et la tribune ! C'est ce qui se produit le 2 septembre 1947, lors d'une réunion organisée, salle Japy, par André Malraux et mon père. C'est d'ailleurs à la suite de cette agression, qui se soldera par plusieurs blessés graves, que de Gaulle confiera à Dominique Ponchardier, ancien des services spéciaux de la France Libre (et auteur à succès dans la Série noire des Gorilles), la mission d'organiser un service de protection plus « professionnel ». C'est dire combien, là encore, ma mère pouvait être inquiète…

Et je ne parle pas des lettres d'insultes (qui ne deviendront des menaces de morts qu'avec l'affaire algérienne) que nous recevions à la maison après un éditorial particulièrement violent de mon père dans son *Courrier de la Colère*, ou après l'une de ses interventions musclées (c'est un euphémisme) contre la CED !

Catalogué ennemi du régime (ce qu'il était en tous points), le sénateur Debré est alors la cible de tous les savoir-faire policiers disponibles à l'époque : micros dans la voiture de mon père découverts incidemment lors du démontage de la planche de bord à l'occasion d'une réparation – « Eh bien Michel, vous voici "sonorisé" vous aussi ! » lui avait lancé un jour Pontchardier qui, après l'incident, était régulièrement sollicité pour inspecter l'appartement ; agents de protection complaisamment offerts par la préfecture de police pour le protéger mais destinés, en fait, à renseigner le ministre de l'Intérieur sur le moindre de ses rendez-vous ; écoutes téléphoniques permanentes reconnaissables, alors, à une subite baisse d'intensité du volume quand nous décrochions le combiné…

Mise au courant par son mari, ma mère n'avait pas été longue à s'habituer à la situation. Et très vite, l'humour Lemaresquier avait pris le dessus. Un jour qu'elle remontait à la maison les bras chargés de courses, elle avisa un inconnu qui lisait son journal devant la maison et lui lança, dans un sourire radieux :

– Cher Monsieur, pouvez-vous me tenir la porte ? Vous pourrez ainsi prendre connaissance du code d'entrée, la prochaine fois que vous viendrez inspecter notre courrier !

Le plus drôle est que le malheureux inspecteur des RG s'exécuta sans mot dire, rouge comme une pivoine. Avant, sans doute, d'avouer à sa hiérarchie qu'il avait été repéré, puisqu'il fut remplacé, dès le lendemain matin, par un autre sycophante, que ma mère ne manqua pas de saluer en nous emmenant à l'école !

Pour Jean-Louis et moi, qui avions une dizaine d'années à l'époque, ni la tension qui nous entourait, ni même le comique involontaire qu'elle pouvait engendrer n'étaient une gêne. Grâce à Maman, notre enfance, réglée comme du papier à musique, coulait, « calme et tranquille » comme le ciel de Verlaine, par-dessus les nuages qui s'amoncelaient.

Chaque soir, en attendant Papa – quand il rentrait tôt – nous écoutions la « Famille Duraton » sur radio Luxembourg qui ne s'appelait pas encore RTL et notre mère s'amusait avec nous en écoutant les disputes homériques de cette fratrie bien française où tout se terminait en éclats de rire, comme à la table de son enfance. Plus rarement, le jeudi, juste avant le déjeuner, nous pouvions écouter un fantaisiste (était-ce Zappy Max ?) qui se moquait des hommes politiques du régime, ce qui mettait Maman en joie, non sans une certaine appréhension toutefois. Et s'il prenait à l'énergumène de délaisser Jules Moch ou Guy Mollet (ses bêtes noires) pour le général de Gaulle ou, pire, pour Michel Debré ? Inquiétude vaine : cela n'arriva jamais à nos oreilles !

Autre rendez-vous immuable : le mercredi, quand le journal de Tintin arrivait au courrier du soir. C'est souvent moi qui guettait le facteur et qui apportait aussitôt l'hebdomadaire à Maman, plié dans une bande de papier bistre portant notre adresse. Ce courrier-là, au moins, les RG ne l'avaient pas ouvert à la vapeur… Mais pas question, pour autant, de le lire avant elle : il fallait que sa censure vigilante s'exerçât préalablement ! Disait-elle, en réalité elle aimait lire *Tintin* le mercredi matin.

Avant de nous le livrer, elle l'inspectait en effet de bout en bout, comme s'il s'était agi d'un libelle potentiellement sulfureux. Après l'avoir lu à notre tour, nous le rangions religieusement dans une reliure rouge sombre qui arrivait elle aussi par la poste deux fois par an. Le plus drôle est que, souvent, nous avons surpris notre mère, pliée de rire, en train de relire les épisodes précédents !

Notre vie d'écolier était réglée avec plus de rigueur encore. En semaine, lever à sept heures trente et, à huit heures dix tapantes, direction le cours Hattemer, pour y retrouver madame Nedgedli notre institutrice. Nous remontions la rue Spontini et, juste avant d'atteindre l'avenue Victor-Hugo, nous bifurquions sur la droite, rue de la Faisanderie. Dès la septième, j'intégrai le lycée Janson de Sailly et là, plus besoin de Maman : à ma grande surprise, celle-ci décréta que je pouvais m'y rendre seul. Cette preuve de confiance fut sans doute le plus beau cadeau d'enfant que je reçus d'elle…

Le soir, le rituel était plus immuable encore : celui des leçons à apprendre. Je revois la table du salon, recouverte de moleskine verte. D'un côté, maman tricotant, de l'autre, Jean-Louis et moi entourés de nos livres et de nos cahiers.

Murmures, sollicitations, hésitations… Et parfois, un petit coup sec d'aiguille à tricoter pour stimuler le moins attentif, avec le bout inoffensif, s'entend !

À dix ans, le savoir d'une mère est toujours un sujet d'étonnement ! Comment connaît-elle déjà par cœur toutes nos leçons ? Et les tables de multiplications, et ces règles de grammaire, comment ne les a-t-elle pas oubliées ? À dix-neuf heures, si tout est en ordre, une demi-heure de jeu, puis direction la salle de bains et, à vingt heures, dîner à la cuisine, en pyjama et robe de chambre, avant l'extinction des feux à vingt et une heures trente, non sans quelques minutes encore de répétition des leçons, les veilles d'interrogations écrites. Quand mes parents sortaient, c'est le lendemain, au petit déjeuner, que s'effectuait l'ultime vérification.

Les mercredis et samedis soir, une exception pouvait avoir lieu : si des membres de la famille venaient à la maison, nous étions autorisés à dîner avec eux et, s'il s'agissait d'amis proches, à venir les saluer après notre repas à la cuisine. Mais seulement après que maman fut venue vérifier que nos assiettes étaient vides ! Et à neuf heures, le dimanche matin, direction le lit de Maman, pour qu'elle nous lise un livre ou nous raconte une histoire, pendant que Papa, habillé et rasé de près depuis longtemps, travaillait dans son bureau.

C'est vers 1957-1958, me semble-t-il, que l'inquiétude de Maman devint plus perceptible à mes yeux. Sans doute parce qu'en vieillissant je prenais conscience du tumulte extérieur et que celui-ci commençait à me passionner ; peut-être aussi parce qu'en s'écroulant la IVe République devenait chaque jour plus agressive envers les compagnons du général de Gaulle qui, sans se cacher le moins du monde, travaillaient à sa perte.

Autour de nous, le régime se délitait et donnait les signes les plus contradictoires. Nous étions de plus en plus surveillés mais, en même temps, les fonctionnaires chargés de le faire, se dissimulaient de moins en moins ! Dans les mois précédant le retour du Général au pouvoir, il n'était pas rare que les policiers chargés de nous «filocher» nous préviennent de leur présence par un appel de phare, auquel Maman, qui conduisait le plus souvent, répondait par un discret signe de la main ! Un soir, la concierge apporta à mes parents un mystérieux colis. Il contenait une bande magnétique : celles des écoutes téléphoniques de la semaine qu'un fonctionnaire, sentant le vent tourner, trouva judicieux de transmettre à mes parents...

D'une manière générale, nos déplacements en voiture étaient plutôt folkloriques. Surtout quand mon père, qui conduisait peu, prenait le volant, ce qui, disait-il, l'aidait à se «détendre». Il était alors bien le seul à se relaxer : à peine étions-nous sortis de Paris en direction d'Amboise qu'il se mettait à répéter ses discours, joignant volontiers le geste à la parole, et nullement gêné par les embardées que provoquait son éloquence enflammée... D'abord silencieuse, Maman explosait régulièrement avant que nous ayons atteint Bonneval :

– Michel, s'il te plaît, laisse-moi le volant ! Tu oublies que tu as charge d'âme !

Pour éviter toute dispute, l'intéressé s'exécutait de mauvaise grâce devant cet argument d'autorité, mais sans être convaincu pour autant du caractère dangereux de sa conduite. Quant à nous, nous pouvions enfin nous endormir, en confiance, sur la banquette arrière !

Fort heureusement, quand mon père devint Premier ministre, puis député et maire d'Amboise, le chauffeur devint la règle, ce qui eut pour effet de lui faire perdre ses derniers rudiments de conduite et de laisser à maman qui, elle, maîtrisait parfaitement le volant, y compris sur la neige et le verglas, l'usage exclusif de la voiture familiale... Et même les autres. Quand mon père quitta, en 1973, le ministère de la Défense, il garda dix ans encore une DS 23 « Prestige » de fonction que ma mère adorait conduire car elle la trouvait rapide et fiable. Papa appréciait le silence et le confort de ce salon roulant ; ma mère, les reprises du moteur à injection électronique, révolutionnaire pour l'époque ! Chaque fois que l'État voulut la lui reprendre pour la remplacer par un modèle plus récent, CX ou R 25 flambant neuves, elle s'y opposait pour avoir le plaisir de relayer le chauffeur, Jean Delahaie, qu'elle trouvait... trop pusillanime sous la pluie.

Puis vint le temps où, accusant son âge et des centaines de milliers de kilomètres, la vaillante DS rendit l'âme. À soixante-quinze ans passés, ma mère en perdit le goût de conduire. J'en fus à mon tour soulagé car sa vue baissait dangereusement.

Cette DS (« déesse » écrivait Roland Barthes !) fut bien l'un des seuls caprices de ma mère pendant le temps que mon père profita des rares avantages liés à ses fonctions officielles. Et encore, peut-on parler de « caprice », s'agissant d'une auto vieillissante dont elle fit économiser le remplacement à l'État ? Elle eut bien une autre exigence, mais tellement vénielle que j'ose à peine en parler, si ce n'est pour la comparer avec les impérieux *desiderata* des épouses ministérielles d'aujourd'hui : une seule fois dans sa vie, elle « complota » pour faire autre chose que de la représentation lors d'un voyage officiel !

Papa était ministre de la Défense quand, en 1971, le président finlandais Kekkonen fut reçu à Paris par Pompidou. Réception à l'hôtel de Brienne, dîner officiel, échange d'amabilités, et très vite, discussions autour des prochaines manœuvres terrestres auxquelles mon père devait assister en Carélie. Maman se voyait déjà se morfondant à l'ambassade de France à échanger des banalités au cours d'interminables thés avec les femmes de diplomates en poste à Helsinki pendant que son mari et l'état-major français joueraient aux petits soldats, non loin de la frontière soviétique, dans un décor sublime de lacs et de rivières qu'elle rêvait de connaître.

Comment s'y prit-elle pour échapper au pensum ? À l'autre bout de la table, je la voyais discuter et rire avec Kekkonen sans bien saisir de quoi il retournait. Ce n'est qu'à la fin du dîner, comme mes parents raccompagnaient leurs invités, que je compris. Mi souriant, mi-solennel, le président finlandais s'approcha de mon père, et lui lança :

– Cher Monsieur le ministre, j'ai négocié avec votre femme. Vous êtes condamné à passer une journée de plus en Finlande : je vous invite à la pêche au saumon en Carélie !

Alors Maman, hilare :

– Tu comprends, Michel, le Président s'est vanté devant moi de pêcher à lui seul douze saumons en une seule sortie… Je lui ai dit que je n'en croyais rien, alors il m'a invitée à vérifier. Tu sais que la pêche, je connais un peu ! Et comme nous avons besoin d'un arbitre, j'ai proposé que Bernard vienne avec nous. Il nous rejoindra de son côté !

Et c'est ainsi que, six mois plus tard, à l'extrême fin du mois d'août, je partis rejoindre mes parents en Finlande pour assister à une partie de pêche mémorable : Kekonnen et moi dans une barque, mon père et ma mère dans une autre, à essayer de battre le président finlandais. Kekonnen, qui ne s'était pas vanté, pêcha à lui seul onze saumons ; et Maman huit, ce qui était plus qu'honorable pour quelqu'un habitué d'ordinaire à pêcher le maquereau en Bretagne ! Quant à mon père, il parvint, *in extremis*, à ramener un poisson… Il aurait atteint la moitié du score de sa femme que leur équipe aurait battu Kekkonen !

Le soir, Maman eut droit à une attention toute spéciale, réservée aux pêcheurs émérites : à l'issue du dîner, les saumons ayant été dégustés et le dessert ayant été pris, un rideau que nous avions à peine remarqué se leva au fond de la salle à manger présidentielle et fit apparaître trois énormes plateaux d'écrevisses qu'il fallut déguster jusqu'à la dernière. Ma mère était à la fête, mon père un peu moins, mais le vin blanc d'Amboise fit passer tout cela !

L'après-Matignon et la belle carrière ministérielle de mon père (de l'Économie à la Défense en passant par les Affaires étrangères) ne furent pas pour autant pour Maman un chemin pavé de roses. Certes, mon père avait atteint le but de sa vie en contribuant à ramener le général de Gaulle au pouvoir tout en offrant à la France une période de stabilité institutionnelle et de prospérité économique telle qu'elle n'en avait pas connue depuis longtemps, mais il était, on l'aura compris, un éternel insatisfait.

Son remplacement par Pompidou, en 1962, puis sa mise sur orbite présidentielle pour succéder à de Gaulle, furent, on l'imagine, un déchirement, à l'égal de son regret lancinant de ne pas avoir convaincu davantage de Français, après le départ et la mort du Général, de poursuivre l'effort entrepris dans les premières années de la Ve République. Ma mère qui, je l'ai dit, n'aimait guère Pompidou, fit tout, pourtant, pour arrondir les angles entre eux, et pour accompagner mon père dans les hauts et les bas de ses fonctions ultérieures.

Elle-même fut très affectée de la défaite de son mari aux législatives de novembre 1962. Ayant remplacé mon père en avril précédent, Pompidou, on s'en souvient, vit son gouvernement renversé en octobre par une motion de censure déposée par les centristes et que la gauche vota comme un seul homme. Aussitôt, il dissolvait l'Assemblée et organisait des élections anticipées afin de disposer, enfin, d'une majorité à sa main. Logiquement, mon père, qui avait quitté le Sénat en même temps qu'il devenait garde des Sceaux, en 1958, voulut se présenter dans la circonscription d'Amboise, dont il était le conseiller général puis municipal depuis 1951.

Ce fut un échec : le passif de l'affaire algérienne ajouté au malaise des agriculteurs subitement confrontés à l'ouverture du marché européen et à l'inévitable concentration des exploitations entraîna l'élection d'un socialiste inconnu. Curieusement, ma mère le vécut plus mal encore que mon père bien qu'elle fît contre mauvaise fortune bon cœur.

Contrairement à son mari, qui garda jusqu'à son dernier jour une tendresse particulière pour la Touraine et ses habitants (il fut écolier à Parnay, réfugié pendant la Grande Guerre chez son grand-père maternel Debat-Ponsan, avant que son propre père n'acquière sa maison des Madères, à Vernou-sur-Brenne), Maman, qui elle-même y avait grandi, conserva de cet échec une méfiance irraisonnée pour les Tourangeaux. Pour parler franchement, elle les trouvait légers et versatiles, en un mot bien peu reconnaissants du travail accompli.

Pourtant, quand, en 1966, il brigua la mairie d'Amboise et y fut élu, elle s'abstint de l'en dissuader. Elle reprit le volant et lui servit de chauffeur avec une rare abnégation, consciente que cette revanche lui était indispensable.

Il n'en alla pas de même en 1963 quand, sur les conseils du sénateur Georges Repiquet, un très proche ami de la famille dont les fils, Jean, Yves, Henri et Claude, sont les miens depuis l'enfance, mon père décida de se présenter à la Réunion où une partielle devait avoir lieu. Après sa déconvenue de 1962, pourquoi ne pas sauter sur l'occasion pour revenir sans tarder au Parlement ? À l'idée de voir mon père partir faire campagne à des milliers et des milliers de kilomètres de la métropole, ma mère s'insurgea : ne pouvait-il y avoir un autre que lui pour relever le défi ? Que de Gaulle lui-même, désireux de voir la circonscription de Saint-Denis échapper aux communistes, le pousse à accepter, ne lui faisait pas déposer les armes : elle écumait à l'idée de voir mon père contraint de se partager entre la Touraine et l'océan Indien ! La dispute fut à son comble quand, quelques jours après que mon père eut accepté, une autre partielle fut organisée en Alsace. L'Alsace, berceau de la famille Debré – en outre, indéfectiblement gaulliste depuis 1944! – n'était-ce pas plus cohérent que ce nomadisme électoral?

Mais pour mon père, la parole donnée à Georges Repiquet et au Général était sacrée. La mort dans l'âme de devoir renoncer à l'Alsace, il s'envola pour la Réunion... et en resta le député jusqu'en 1988, soit pendant sept mandats consécutifs!

Si mon père fut heureux à la Réunion – faute de quoi il n'aurait pas manqué, une fois le défi relevé et sa succession assurée, de se faire élire ailleurs – Maman, assurément, le fut moins. Certes, elle l'accompagnait souvent et sut s'y faire beaucoup d'amis, mais elle regretta jusqu'au bout de voir mon père se mettre littéralement en quatre pour assumer ses mandats: maire et conseiller général d'Amboise, mais aussi député de la Réunion et, de 1966 à 1973, ministre sans interruption...

À chaque élection en Touraine, l'angoisse ressurgissait. Je me souviens notamment des cantonales de mars 1976, dont le résultat fut exécrable pour la majorité d'alors et qui ne furent gagnées à Amboise, qu'au prix d'une extrême mobilisation. Le premier tour avait été si mauvais que, sur le papier, mon père était virtuellement battu le dimanche suivant. Qu'importe! Mes trois frères et moi fûmes mobilisés pour faire du porte-à-porte et coller des affiches, Maman faisait tous les marchés, mon grand-père

Debré, malgré ses quatre-vingt-quatorze ans (il mourrait deux ans plus tard) intervint dans la campagne… Et papa fut réélu. Le jour de la naissance de mon fils Benjamin, que mon père voulait appeler Victor en souvenir de sa victoire ! Cette initiative fit rire ma mère qui me demanda simplement sans en avoir l'air si Benjamin serait le « dernier » de mes enfants, je l'ai rassurée j'en ai eu deux autres après.

Pour ma mère, cependant, le calvaire électoral n'était pas achevé : elle aurait encore à soutenir sa terrible campagne présidentielle de 1981 puis à gérer un autre *imbroglio* tourangeau qui ne contribua pas peu à ma brouille avec Jean-Louis : ma propre élection comme député-maire d'Amboise qui lui procura bien des insomnies…

Chapitre V
Les épreuves

Avant de revenir à la politique qui, malheureusement, contribua à assombrir les dernières années de Maman, alors même qu'elle devait faire face à la maladie de mon père et à celle de mon frère François, je me dois de parler de ce qui fut pour elle une épreuve récurrente bien que chaque fois surmontée : le mariage de ses quatre fils...

Non qu'elle eut souhaité nous garder tous les quatre pour elle – c'était même l'inverse, tant elle s'enquérait impatiemment de nos projets matrimoniaux, dès lors qu'une jeune fille revenait par trop régulièrement dans nos paysages respectifs. Son rêve était, tout simplement, de choisir pour nous l'épouse idéale.

Dans son esprit, celle-ci répondait à un critère simple : il suffisait qu'elle soit la fille d'une de ses amies ! J'ai longtemps réfléchi à ce travers et j'en ai conclu, sans être absolument certain d'avoir raison, qu'il fallait en chercher l'origine, moins dans l'unicité des rapports qu'elle entretenait avec chacun de nous que dans sa propre enfance.

Elle qui n'avait eu que des frères regretta sans doute de n'avoir point enfanté de filles. Si bien que celles de ses amies, qui toutes l'adoraient, étaient devenues presque inconsciemment les siennes ! Nous marier avec celles-ci n'était donc rien d'autre qu'une manière inconsciente d'agrandir sa couvée…

Elle n'eut pas cette chance, car malgré son insistance, aucun d'entre nous ne céda. La perspective d'épouser des amies d'enfance parfois très proches – et justement parce qu'elles l'étaient – ne suscita jamais chez nous que de la gêne, et parfois beaucoup d'énervement. D'autant qu'à chacun des refus d'obtempérer de ses fils, Maman, voyant fondre comme neige au soleil ses chances d'obtenir gain de cause, devenait de plus en plus fébrile !

Un soir de 1971, à peine revenu de mon service militaire, j'eus avec elle une violente dispute. Vincent, François et Jean-Louis s'étant tous mariés comme ils l'entendaient, elle fondit sur moi avec la ferme intention d'obtenir du dernier ce quelle n'avait pu arracher aux autres. J'étais d'autant plus enclin à refuser que j'aimais déjà Véronique, devenue peu après ma femme. Et d'autant moins gêné de lui dire ma manière de penser que j'avais pu constater qu'au terme d'une période d'adaptation pénible pour tout le monde, surtout pour mes belles-sœurs, elle était devenue une belle-mère tout à fait acceptable ! Quand elle les autorisait à ne plus l'appeler Madame, nous savions que le tour était joué.

Ce jour-là, pourtant, elle n'y alla pas par quatre chemins. Point de circonlocution, encore moins de manœuvre enveloppante. Mais un ultimatum : j'avais le choix entre trois copines d'enfance. Pas une de plus ! Et il fallait que je me dépêche car disait-elle, à vingt-sept ans, il est temps de se « stabiliser » !

Les trois grâces étaient-elles dans la confidence ? Pour l'une d'entre elles, c'est certain. Et pour les deux autres, c'est plausible ! Quant à leurs parents, ils étaient non seulement consentants mais complices…

J'explosai : « Crois-tu, maman, que cela soit digne de toi de jouer ainsi les entremetteuses ? Imagines-tu un seul instant que cela me ressemble de me marier avec quelqu'un pour seulement te faire plaisir ? Toi-même ne l'aurais pas fait pour les beaux yeux de tes parents et tu me vois accepter ce que les jeunes gens des pièces de Molière refusaient déjà au XVIIe siècle ? »

Ma remarque la laissa sans voix, ce qui était assez rare pour que je profite de l'avantage. J'enchaînai, en citant le nom de l'une de mes « promises », avec laquelle j'avais presque été élevé, tant nos parents étaient proches : « Quant à elle, je ne conçois même pas que tu puisses envisager de l'avoir comme belle-fille. J'aurais l'impression d'épouser ma sœur ! C'est un inceste que tu me demandes ? »

L'argument était « massue ». Et je pense qu'il la blessa. Car je vis dans ses yeux qu'elle avait pensé à tout sauf à cela. Ai-je eu tort de réagir avec autant de violence ? Je l'ai cru sur l'instant. Plus maintenant. De longues années après, nous avons reparlé de cette scène. Et elle m'avoua, entre deux bouffées de cigarette, que je lui avais remis les idées en place. C'était bien la première fois !

La suite ne fut pourtant pas facile. Quand je présentai Véronique à ma mère, l'accueil fut glacial. Et elle s'investit dans la préparation de notre mariage avec l'enthousiasme du condamné qui s'approche de l'échafaud... Puis tout reprit son ordre : d'abord odieuse avec Véronique, elle ne devint que distante. Et à la naissance de Claire, ma fille aînée, tout changea. Je crois même pouvoir dire qu'à la longue, ma femme devint sa belle-fille préférée et vers la fin, sa confidente attitrée...

C'est qu'entre-temps, un vrai drame familial était survenu, qui avait relégué à des années-lumière sa susceptibilité de *Mater familias* exclusive : la plongée dans la drogue de François qui fut pour elle un fardeau de chaque jour.

Je n'aurais jamais parlé de cet épisode si mon frère, de deux ans et demi mon aîné, ne l'avait fait lui-même dans un très beau livre, *Trente ans avec sursis*, qui décrit par le menu sa propre descente aux enfers.

Face à ce drame, l'attitude de ma mère ne fut pas différente de celle de beaucoup de parents confrontés à la réalité de la drogue : le déni. Au début, je veux bien croire qu'elle ne s'était aperçue de rien. Mais quand vers l'âge de vingt ans, François devint agressif et dissimulateur, l'indice aurait dû l'alerter.

Il n'arrêtait pas de demander de l'argent pour des motifs qui nous paraissaient curieux, tantôt pour réparer sa voiture, tantôt pour payer ses contraventions, tantôt pour aider un ami en difficulté. Quand ma mère refusait – car il se gardait bien de demander quoi que ce soit à mon père – il rentrait dans une violente colère et, à ma grande surprise, elle cédait.

Soupçonnait-elle déjà quelque chose ? Un épisode pénible m'a mis la puce à l'oreille. Mes frères et moi possédions collectivement une belle collection de timbres. Timbres anciens et nouveaux, timbres du

« premier jour » ou tampons rares. Puis elle a disparu. Mes parents n'ont pas été longs à s'en apercevoir, ne nous voyant plus ranger religieusement dans nos albums les timbres qu'ils nous donnaient.

Pourquoi est-ce moi qui fus accusé d'avoir vendu la collection ? Je ne m'en souviens plus, à ceci près que, sans doute, les apparences étaient contre moi. Je dus donc mener ma propre enquête pour me disculper, laquelle me mena chez un philatéliste qui tenait boutique non loin du lycée Janson de Sailly. J'ai forcé maman à m'accompagner et le marchand de timbres a dû se rendre à l'évidence : oui, il avait bien acheté notre collection, mais il jura sur la tête de ses enfants que ce n'était pas à moi. Connaissant parfaitement l'identité du vendeur, il eut cependant la délicatesse de ne pas en dire plus.

Ma mère a bien été forcée de me croire mais elle a instantanément cessé de chercher le coupable… Quelques mois plus tard, quand l'évidence lui a sauté aux yeux, c'était trop tard. Comme le déni de grossesse, dont une récente affaire a montré la puissance destructrice, le déni de réalité face à la drogue devient lui-même comme une drogue. D'abord, ma mère a dissimulé la réalité à mon père, puis quand cela ne fut plus possible, elle, si pétillante et si gaie, s'enfonçait dans le mutisme dès qu'on effleurait le sujet. Je dois à l'honnêteté d'ajouter qu'une fois papa confronté à l'évidence, il ne se montra pas plus réactif que sa femme.

Saloperie de drogue qui ne se contente pas de transformer en larves ceux qui se jettent dans ses bras, mais annihile mystérieusement la volonté des entourages les plus aimants ! Avoir vu mes parents, ces êtres débordant d'énergie et d'autorité – mon père surtout, qui avait démontré tant de courage physique et moral pendant la Résistance mais aussi plus tard –, contourner l'obstacle au point de devenir les auxiliaires passifs de ce qu'ils abhorraient, m'empêchera toujours de considérer la toxicomanie comme un vice ordinaire. Car à mesure qu'il se détruit, tout drogué peut rendre son entourage dépendant au mensonge comme lui-même l'est à la drogue.

Je me souviens d'un été à Préfailles qui compte parmi mes pires souvenirs. C'était la première fois que François ne passait pas toutes ses vacances avec nous. Multipliant les allers-retours à Paris, il revenait sans cesse plus inquiet, plus nerveux, plus instable. Et quand il repartait, nous trouvions sous son lit des dizaines de flacons de néocodion, ce médicament contre la toux qui contient quelques milligrammes de codéine, dérivé de la morphine.

Peu après, François résilia son sursis pour partir comme « appelé » à Madagascar. Pensait-il qu'une rupture dans sa vie casserait la mécanique infernale qui s'était emparée de lui ? Quand il revint, l'asservissement reprit de plus belle. Il se maria mais, bientôt, c'est le couple qui sombra dans la dépendance : drogue, alcool, médicaments…

Le plus étonnant est que ce déferlement de substances toxiques ne l'empêcha pas de donner, par périodes, libre court à son talent. Et quel talent ! Grand journaliste, il obtint en 1977 le prix Albert Londres pour son livre sur le Cambodge, *La Révolution de la forêt* mais fut aussi le premier à dénoncer le tourisme sexuel et la prostitution des enfants, vingt ans avant que Houellebecq avec *Plate-forme* n'ose parler de ce sujet tabou : le reportage de François sur les *Trottoirs de Manille* valut à France 2 de nombreuses distinctions. Et je ne dis rien de ses romans (*Les Fêtes d'automne, Le Livre des égarés*) qui tous témoignent d'une immense sensibilité et d'une haute culture…

Dans son dernier ouvrage, consacré à sa maladie, il ne m'épargne guère, m'accusant d'avoir organisé son internement à Sainte-Anne où il est resté une longue année. Nous en avons parlé. Il sait que je ne le regrette pas. Je l'ai fait pour lui sauver la vie, à défaut de pouvoir lui rendre la santé. Je l'ai fait aussi pour Maman, qui épuisait ses dernières forces à veiller sur lui. Elle aussi m'en a voulu, mais je sais qu'à l'extrême fin de sa vie, elle a compris que je n'avais pas le choix : comment aurais-je pu demeurer les bras croisés, indifférent à son calvaire ?

Car c'en fut un. Quelques années après leur mariage, François et sa femme vendirent leur appartement pour payer ce qu'ils devaient aux dealers qui les pourchassaient. Maman fut odieusement instrumentalisée dans l'affaire. D'abord, François lui expliqua qu'il voulait quitter cet endroit, trop petit, pour loger dignement ses deux filles. Il ne fallait pas en dire davantage à ma mère qui, immédiatement, se mit en quête d'un appartement plus grand. François ne l'accompagnait presque jamais dans ses visites, ce qui aurait dû l'intriguer. Mais voici qu'au bout d'un mois de recherche, la perle rare était trouvée. François alla voir l'appartement, parut content. Puis… Plus de nouvelles. Un beau soir, maman l'appela :

– Et alors, tu as signé ?

Il bredouilla quelque chose du genre :

– J'ai oublié de te dire… Je suis arrivé trop tard ! L'appartement était vendu.

Maman entra dans une colère noire. Mais comme pour la collection de timbres, elle s'abstint d'enquêter. Même quand mon frère et sa femme lui confièrent successivement leurs deux enfants, qui vinrent s'installer chez mes parents. Entre la drogue, l'alcool et les disputes d'une violence inouïe, l'atmosphère, chez François et sa femme, était devenue irrespirable.

Puis arriva le drame dans le drame : Maylis, ma belle-sœur, mourut subitement d'une rupture d'anévrisme. Pour François s'ouvrait la dernière porte de l'enfer. À la drogue s'ajoutaient la dépression, puis, après chaque cure de désintoxication, des plongées dans l'éthylisme qui m'en apprirent bien plus sur la capacité de résistance de l'organisme humain que mes études de médecine et trente-cinq ans de pratique hospitalière ! Bientôt, il vint à son tour habiter chez ma mère pour, à quarante ans passés, recommencer à la racketter. Savait-elle qu'en plus du liquide qu'elle lui procurait, il lui dérobait sa carte bleue ? Je me souviens des appels angoissés de Maman qui, pourtant, n'était pas dans la misère :

– Bernard, je ne comprends pas. Je suis encore à découvert ce mois-ci...

Un bref examen de ses relevés bancaires suffisait à comprendre ce qui se passait. Mais elle ne réagissait pas plus que pour la collection de timbres ou la vente de l'appartement. Fermée comme une huître, regrettant amèrement de m'avoir alerté, elle me disait seulement :

– Merci, mon grand. J'ai compris.

Et tout recommençait. Comment peut-on naviguer sans cesse entre deux niveaux de conscience sans parvenir à choisir le plus adéquat à la réalité ? S'il est une chose, en tout cas, que Maman assuma à merveille, ce fut l'éducation des deux filles de François, deux personnalités extraordinaires de force et de désintéressement qui, devenues adultes, s'occupent désormais de leur père comme le feraient des mères ou des grandes sœurs…

Il faut dire que, pour avoir été propulsées dès leur plus jeune âge dans l'univers de la souffrance, mes nièces, qui vouaient un véritable culte à leur grand-mère (davantage encore que ses autres petits-enfants qui, Dieu sait ! l'aimaient tendrement) ont appris d'elle le sens du mot sacrifice.

Car au moment précis où François s'installait chez mes parents, mon père plongeait à son tour dans la maladie qui l'emporterait en 1996.

C'est en 1990 que les premiers symptômes de la maladie de Parkinson apparurent. Cela commença par un phénomène qu'il mit sur le coup de la crampe de l'écrivain : sa superbe écriture, si nerveuse et si ferme – Jean-Louis en a hérité en plus rond – devint, en quelques semaines, à la fois minuscule et hésitante. Puis sa démarche, elle aussi rapide, naguère, devint hésitante. Mon père disait : « Ah ! Cette sciatique, en serai-je débarrassé un jour ? »

Crampe de l'écrivain, sciatique… Début 1992, le diagnostic était posé. Ma mère s'efforça de le cacher à mon père et crut longtemps qu'il était dupe, jusqu'au jour où, en rangeant ses papiers après sa mort, elle découvrit qu'il conservait tous les articles consacrés à la maladie de Parkinson qui lui passaient sous les yeux...

Il faut dire qu'à partir de 1993, le doute n'était plus possible : il commença à buter sur les mots puis, les mois passant, à devenir incompréhensible. Je laisse imaginer le martyre que constitua pour cet homme, orateur né, rompu à faire vibrer les foules, cette perte de la parole qu'il savait inéluctable, malgré le recours quotidien à un orthophoniste.

Si je n'avais pas admiré mon père auparavant, sans doute l'aurais-je fait à ce moment précis : incapable de dicter, hors d'état de tracer lisiblement une lettre, lui qui n'avait jamais touché un clavier se mit, à quatre-vingts ans, à taper avec deux doigts sur la machine à écrire de son secrétariat ! Et ce n'était pas pour se mentir à lui-même : en trois ans, il écrivit de la sorte le tome V de ses Mémoires (plus de cinq cents pages !), sans compter deux recueils de souvenirs à part, l'un consacré à ses entretiens secrets avec de Gaulle, l'autre à ses conversations avec Pompidou. Voulait-il se prouver à lui-même, et accessoirement aux autres, que son cerveau, prisonnier d'un corps désormais infirme, fonctionnait toujours remarquablement ? Il y avait sans doute de cela, et le résultat fut admirable comme si, à mesure qu'elles l'abandonnaient, ses forces trouvaient refuge vers son esprit...

Pendant ce temps, Maman organisait chacun de ses gestes, inlassable, douce et directive à la fois, l'assistant dans ses rendez-vous comme dans ses gestes intimes qui devenaient de plus en plus difficiles : boire et manger, se coucher et se lever. Elle fut certes aidée, car elle-même était au bord de l'épuisement, mais sans jamais perdre de vue la prochaine station de son chemin de croix : François, errant comme un zombi ou faisant semblant d'écrire, cependant que son père s'enfonçait dans une paralysie sans issue.

Le 31 juillet 1996, ce fut le mieux avant la fin. Je venais de passer quelques jours en Touraine, où mes parents avaient pris leurs quartiers d'été et je m'apprêtais à partir pour Préfailles, non certes le cœur léger, mais curieusement soulagé. Pour la première fois depuis longtemps, Papa avait parlé d'une voix claire, demandant même à Guillaume, le fils de Jean-Louis, de l'accompagner faire un tour à Amboise. Ensemble, ils étaient entrés dans une pâtisserie, les gens lui avaient souri, il était comme rasséréné. Guillaume et ses cousins étaient émerveillés : ils croyaient leur grand-père guéri. Le 2 août, comme j'arrivais à Préfailles, le téléphone sonna. C'était Maman :

– Bernard, rentre vite. Appelle un médecin. Ton père ne bouge plus.

Quand j'arrivai, quelques heures plus tard, à L'Épine fleurie, le médecin ne put que me confirmer la nouvelle : mon père était mort, terme ultime de la maladie.

Je prenais Maman dans mes bras. Et elle me dit seulement :

– Tu sais, les années qui viennent de s'écouler furent affreuses. Mais elles auraient été pires encore qu'elles n'effaceraient pas la vie formidable que ton père et moi avons eue.

Quand vint l'enterrement, maman avait tellement pleuré qu'elle n'avait plus de larmes à verser. Elle savait que ce jour-là, Papa ne lui appartenait plus. Jacques Chirac, Alain Juppé, le gouvernement dans son entier, dont Jean-Louis, ministre de l'Intérieur, étaient au premier rang. Un détachement de l'armée rendait les honneurs. Était-ce mon père qu'on enterrait ou un symbole de l'État tel qu'on n'en reverrait plus ?

Au cimetière, nous retrouvâmes un peu d'intimité. Et Maman, l'inquiétude qui la tenaillait. Celle de laisser François et ses enfants seuls quand elle disparaîtrait à son tour. Elle est morte sans être rassurée…

À ce stade, je me dois de revenir sur ce qui participa grandement à l'angoisse qui fut la sienne pendant les vingt dernières années de son existence : la politique. Ou plus exactement, son caractère dévorant, qui parasita notre vie de famille, et ce, spécialement, après que mon père eut quitté le gouvernement, en 1973.

Qu'il se représente en 1977 à la mairie d'Amboise, pourquoi pas, qu'il rempile une dernière fois l'année suivante à la Réunion, passe encore... Mais qu'en 1980, à soixante-huit ans passés, il se lance dans l'aventure de l'élection présidentielle sans la moindre chance d'être élu, c'était plus qu'elle n'en pouvait supporter. Et qu'elle supporta pourtant.

Pour mon père, ce défi était inscrit dans le ciel depuis qu'en se séparant de lui, Pompidou lui avait expliqué en tête à tête que le gaullisme de stricte obédience appartenait au passé et qu'il fallait songer à élargir la majorité aux centristes. L'hostilité de son ministre de la Défense au principe de la supranationalité européenne n'était-il pas un obstacle sur le chemin de l'alliance que rêvait de sceller Pompidou avec les héritiers de Jean Monnet ? À tort ou à raison, Papa fut persuadé jusqu'au bout que son départ du gouvernement avait été demandé à Pompidou par Willy Brandt, comme gage de sa bonne volonté européenne. Il vivait à son tour l'humiliation de Delcassé, dont le kaiser Guillaume II avait demandé et obtenu la tête, en 1905, dans un souci d'apaisement, avec le résultat que l'on sait.

L'élection anticipée de 1974 arriva trop brusquement pour que mon père pût se préparer : l'UDR était aux mains d'Alexandre Sanguinetti qui fit le choix de Chaban, cependant que Chirac se ralliait à Giscard dès le premier tour et que Messmer, qui aurait pu faire l'unité de la famille gaulliste, hésitait puis refusait. Mon père, refuant d'ajouter la division à la désunion, décida donc de passer son tour.

En 1981, les choses étaient différentes. Papa, qui ne se trompait pas, était persuadé que Chirac, en guerre ouverte avec Giscard depuis sa démission de Matignon, en 1976, serait, quoiqu'il arrive, hors d'état d'être élu contre un homme qu'il chargeait de tous les maux dans les médias mais dont il soutenait, bon gré mal gré, la politique au Parlement. Il lui avait dit, dès 1977, juste après sa conquête de Paris : « Allez au bout de vos choix. Censurez le gouvernement Barre ou renoncez à être candidat en 1981. Le peuple pardonne tout sauf l'incohérence. »

À quoi Chirac avait acquiescé, tout en continuant à jouer sur les deux tableaux. Fin 1978, il dénonçait dans son appel de Cochin, le « parti de l'étranger » soi disant incarné par Giscard, mais demandait au RPR de ne pas censurer ledit parti à l'Assemblée… Puis étaient venues les élections européennes de juin 1979. Mon père, numéro deux sur la liste chiraquienne, en avait bâti de A à Z la thématique, qui sera celle, treize ans plus tard, des partisans du « non » au traité de Maastricht et, en 2005, des adversaires de la Constitution européenne. Las ! Moins de 17 % des

Français s'y reconnaissent, tandis que la liste de Simone Veil, parrainée par Giscard, l'emporte haut la main.

Déçu du résultat, Chirac s'éloigne alors de mon père (mais aussi de ses conseillers auliques, Pierre Juillet et Marie-France Garaud) tout en jurant qu'il ne parlerait plus jamais d'Europe – sauf pour dire la même chose que Giscard – mais en prenant la décision ferme de se présenter contre lui en 1981. Certes, mais alors pour proposer quoi ?

Lors d'un déjeuner à Montlouis, à Pâques de 1980, Mon père nous lance tout de go :

– Chirac va perdre car personne ne comprend ce qu'il veut. C'est à moi d'y aller…

À ces mots, ma mère blêmit :

– Tu n'as pas assez pris de coups comme cela dans ta vie ? Tu veux, en plus, avoir ta famille politique contre toi ?

Alors, lui :

– Mais c'est Chirac qui fait n'importe quoi. Pas moi ! Crois-tu que j'aie des leçons de gaullisme à recevoir de lui ? Crois-tu que lorsque de Gaulle est parti seul à Londres, il a demandé l'autorisation de quiconque ? Et puis, écoute-moi bien : Chirac ne le sait peut-être pas encore, mais c'est un service que je lui rends. S'il veut briguer l'Élysée, qu'il mûrisse un peu.

Sur le fond, Maman n'avait rien à répondre, tant elle était admirative devant la conception sacrificielle de la politique qui animait mon père – celle-là même qui lui avait fait ravaler au second plan son engagement passé pour l'Algérie française, quand il avait compris que la voie choisie par de Gaulle était la seule conforme à l'intérêt du pays. Tant elle avait conscience, aussi, de l'importance que revêtait pour son mari cette occasion unique de s'adresser sans intermédiaire aux Français, après tant d'années de discipline gouvernementale. Mais elle savait aussi combien serait éprouvante, pour lui, cette rupture avec ses compagnons qui, moins courageux, choisiraient leur parti avant leurs convictions...

Dans un dernier effort, elle lança pourtant :

– Michel, je te rappelle que tu vas vers tes soixante-dix ans. Crois-tu que cela soit raisonnable ?

Nous pensions tous que la colère de mon père allait encore monter d'un cran. Mais comme s'il avait anticipé cette question que ne manqueraient pas de lui poser, quelques semaines plus tard, les journalistes, il testa sa réponse devant nous :

– Oui, je suis dans ma soixante-huitième année. Un an de plus seulement que le Général quand il est revenu au pouvoir. Et un de moins que Ronald Reagan qui brigue, cette année, la présidence des États-Unis. Tu as raison, Ninette, je suis dans la norme !

Le 30 juin 1980, mon père annonçait donc sa candidature à la présidence de la République. Mais voici que, le 23 octobre suivant, Marie-France Garaud présentait elle aussi la sienne. Le désastre ne faisait plus de doute, d'autant que leurs campagnes, sur le fond au moins, étaient redondantes à 90 % : sur la nécessité de construire l'Europe autrement en luttant prioritairement contre le fléau du chômage ou sur celle de faire entendre à nouveau la voix de la France dans le monde, leurs interventions étaient presque interchangeables. Tout juste mon père insistait-il davantage, alors, sur la crise économique, qu'il assimilait déjà à une « guerre » inséparable à ses yeux de la crise démographique, tandis que sa concurrente se concentrait plus volontiers sur le danger soviétique et sur les périls que faisait courir à la France le « neutralisme » présumé de Giscard.

En outre, l'un et l'autre formaient, à une nuance près, le même jugement sur Chirac. Mon père estimait qu'il n'était pas mûr pour affronter une élection présidentielle, Marie-France Garaud qu'il ne mûrirait jamais assez pour être président ! Mais quand les journalistes demandaient à celle-ci si elle se présentait pour être élue, elle trouvait le moyen d'éluder et de rebondir sur autre chose, tandis que papa répondait invariablement : « Je me présente pour témoigner et pour gagner. »

Pour Maman, ces jours furent un supplice. Mais une fois la décision de mon père arrêtée, elle se mit en quatre pour le soutenir, l'accompagnant partout ou presque, et à quel rythme !

Parti le premier, il sillonne alors la France à raison de trois meetings par semaine et autant de déjeuners débats. Alors qu'aucune loi n'encadre encore le financement politique des campagnes, ce qui autorise tous les dons – et souvent toutes les gabegies – lui n'accepte que l'aide d'amis sûrs – dont celle de « l'épicier » Édouard Leclerc, ou de Marcel Dassault, qui lui prête de temps en temps son avion. Pour rester indépendant, mon père ira même jusqu'à vendre une partie de ses biens (des terrains en Touraine) pour financer sa campagne ! Jamais je n'entendrai ma mère lui en faire le reproche, malgré ce qu'elle pensait de l'aventure… Quel candidat, aujourd'hui, peut se vanter d'en avoir fait autant ?

Par deux fois, à l'automne de 1980, puis en janvier 1981, mon père tenta, en vain, de dissuader Chirac de se présenter. La première fois lors d'un dîner secret chez Christian de la Malène, qui, malgré, ses fonctions d'adjoint aux Finances du maire de Paris, a choisi de le soutenir ; une autre, lors d'un déjeuner involontairement médiatisé à la Maison de l'Amérique latine, boulevard Saint-Germain…

Chaque fois, mon père développait le même argument :

– Si vous vous présentez, je ne serai pas élu. Mais si je me retire, vous ne serez pas élu non plus… Vous croyez comme tout le monde que je ne le serai pas, quoi qu'il arrive ? Eh bien, admettons ! Mais si moi, je suis battu tout seul, quelle importance cela aura-t-il pour vous ? Aucune ! Et en sus, cela vous préservera pour l'avenir. Personne ne vous reprochera d'avoir été le responsable de la défaite de Giscard, et vous garderez toutes les chances pour le coup d'après.

Qui peut dire ce qui se serait passé si Chirac avait écouté mon père ? Sans doute celui-ci aurait-il obtenu un score voisin de celui de Jacques Chaban-Delmas en 1974 et Chirac n'aurait pas revêtu la tunique de Nessus de la défaite de Giscard…

Mauvais tacticien comme tous les hommes d'idées, mais bon stratège, comme ceux qui attachent un prix aux leçons de l'histoire, papa était dans le vrai. Chirac sera battu et patientera deux septennats de plus avant d'être élu de justesse en 1995.

Partie avec un capital de 0,5 % des intentions de vote, en juillet 1980, la candidature de mon père sera quant à elle créditée d'une « fourchette » comprise entre 10 et 14 % des voix, à la fin de janvier 1981. Rien de déshonorant, en somme, pour un homme osant se déclarer contre la diminution du temps de travail, pour le salaire de la mère au foyer, contre la religion de l'Europe, et pour une dévaluation du franc, si la croissance et l'emploi sont à ce prix ! Mais aussitôt après l'annonce de la candidature de Chirac, les intentions de vote en faveur du candidat Debré retomberont à leur étiage de départ : il n'atteindra pas 2 % le 24 avril 1981...

Ce soir-là, Maman fut curieusement la seule à ne pas essuyer une larme. Forte comme elle savait l'être, elle eut même ce mot inouï qui eut le don de rasséréner instantanément mon père :

– Et maintenant, Michel, il faut sauver la Réunion !

Elle qui, un an plus tôt, ne rêvait qu'à la retraite de son mari, aux parties de pêche à Préfailles et aux voyages qu'ils pourraient faire ensemble, avait senti que sans une revanche, même symbolique, il sombrerait dans le désespoir.

Je me suis longtemps souvenu de ce moment, et ce qu'il fallut de force à ma mère pour l'aider à remonter en selle, lui qu'elle aurait tant souhaité voir dételer ! Papa eut-il conscience sur l'instant du formidable cadeau d'abnégation que lui offrait sa femme ? Il repartit en tout cas au combat et, en pleine vague rose, sauva sa circonscription de Saint-Denis de la Réunion où, six semaines plus tôt, au premier tour de la présidentielle, il ne s'était trouvé que 6 % des électeurs pour voter en sa faveur ! Mieux, en 1983, mon père se représenta à Amboise et fut réélu !

Pour Maman, cependant, une autre inquiétude, liée une fois encore à la politique commençait à se faire jour : Jean-Louis et moi qui, ce n'est un secret pour personne, n'avons jamais eu beaucoup d'atomes crochus, serions-nous un jour concurrents ?

Depuis notre enfance, cette perspective angoissait notre mère. Elle n'était jamais si heureuse que lorsque nous ramenions chacun un bon carnet de notes. Et troublée quand il arrivait que l'un réussisse mieux que l'autre. Le paroxysme fut atteint quand Jean-Louis et moi passâmes, à vingt et un ans, notre permis de conduire (c'était encore la règle en 1965). L'ayant réussi et lui raté, Maman se tourna vers moi et eut ce mot digne de Jacqueline Maillan (à ceci près qu'elle ne plaisantait pas) :

– Tu n'aurais pas pu faire un peu attention ?

Je sursautais, mais pas Jean-Louis. Il savait parfaitement que c'est à moi et non à lui que ce reproche s'adressait. Il faudra des années pour que ma mère, convenant du burlesque de sa réflexion, consente à en rire. J'attends toujours que Jean-Louis en fasse autant. Pour lui, sans doute, je n'avais pas été fair-play…

Ce n'est qu'en 1985, pourtant, qu'intervint entre nous le premier casse-tête politique. François

Mitterrand ayant institué la représentation proportionnelle pour tenter d'empêcher la droite de se retrouver majoritaire aux élections de 1986, les circonscriptions législatives disparurent, et chaque parti fut appelé à présenter une seule liste par département. Perversité du système : sauf à appartenir à un groupuscule, il suffisait donc d'être désigné comme tête de liste par son parti pour être élu.

Jean-Louis, qui avait déjà tenté – en vain – sa chance aux législatives (dans le Pas-de-Calais, en 1973, et dans l'Eure, en 1978) fut à nouveau investi dans l'Eure par le RPR et put, ainsi, entrer à l'Assemblée qu'il préside aujourd'hui. Soyons juste : si la proportionnelle lui facilita la tâche, il ne doit qu'à lui-même d'avoir été constamment réélu (non sans avoir arraché, en 1995, la mairie d'Évreux aux communistes), malgré le rétablissement du scrutin majoritaire à deux tours par la droite, dès 1988.

Aurais-je dû m'abstenir de me présenter de mon côté en Touraine au prétexte que mon frère jumeau était candidat en Normandie ? Souhaitant depuis longtemps m'implanter à Amboise, je sollicitais l'investiture du RPR en Indre-et-Loire, et l'obtins. Aussi facilement que Jean-Louis, proportionnelle oblige, je fus élu. Et comme lui, réélu en 1988 et 1993 au scrutin majoritaire, confirmations démocratiques réconfortantes qu'à l'instar de mon frère, je ne devais qu'à moi.

Mais cette double élection était porteuse d'un vice originel. Tandis qu'à partir de 1988, Jean-Louis récupérerait, par le biais du scrutin majoritaire, une circonscription de l'Eure n'évoquant rien de spécial pour la famille, j'héritais, moi, de la circonscription d'Amboise, là même où mon père avait été battu en 1962 avant d'être élu, quatre ans plus tard, maire de la ville qu'il administrait encore !

En mars 1986, *Paris-Match* pouvait publier la photo symbolique de trois Debré siégeant simultanément au palais Bourbon : Michel, réélu député de la Réunion, Jean-Louis, élu député de l'Eure, et moi de l'Indre-et-Loire. Mais derrière nos sourires de circonstance, Maman fut la première à discerner l'épure d'un drame.

Elle me dit un soir :

– Crois-moi Bernard, je suis fier de ton élection comme de celle de Jean-louis. Et ton père l'est aussi de vous voir entrer en politique dans son sillage. Mais j'ai peur que les choses se passent mal : s'il avait pris sa retraite, tout serait plus simple. Mais trois Debré au Parlement, c'est forcément un de trop. J'espère de tout cœur me tromper mais je crains que, sans l'avoir voulu, vous poussiez votre père vers la sortie plus vite qu'il ne l'avait prévu…

Je n'eus pas besoin d'un dessin pour comprendre que lorsqu'elle disait « vous », c'est à moi qu'elle pensait d'abord. Ce n'est pas, de fait, l'élection de Jean-Louis qui posait problème : qu'il soit député de l'Eure ne changeait pas la face de l'Indre-et-Loire. Mais que je devienne, moi, député de la circonscription d'Amboise, pouvait suggérer que la continuité était assurée et que mon père pouvait s'effacer. Surtout, Maman craignait sans me le dire (bien qu'elle s'en ouvrît à de proches amis qui ne se gênaient pas pour m'en parler) que mon implantation dans le « fief » familial rende Jean-Louis jaloux et que s'ensuive entre nous une compétition sans merci…

À l'époque, j'avoue n'avoir pas vu les choses de cet œil-là. D'abord parce que l'idée même de « fief » électoral et la notion patrimoniale qu'elle charrie me sont littéralement insupportables. Les fiefs étaient octroyés par les rois ; les circonscriptions le sont aujourd'hui par les électeurs. Que j'aie pu faire de mon élection en Indre-et-Loire une affaire de famille, dans la mesure où je n'étais pas mécontent de laver l'affront subi en 1962 par mon père, je le reconnais et même le revendique. Mais que, dans mon esprit, cela ait débouché sur une quelconque volonté de le pousser dehors et, du même mouvement, de provoquer Jean-Louis, j'avoue n'y avoir guère songé à l'époque, ou alors tellement inconsciemment, que cela relève de la psychanalyse…

Psychanalyse ou non, Maman avait une fois de plus raison… En 1989, mon père qui ne s'était pas représenté l'année précédente comme député de la Réunion, s'est fait battre à Amboise. Et mes rapports avec Jean-Louis n'ont cessé de se dégrader.

En 1994, en effet, je fis le choix de soutenir la candidature d'Édouard Balladur pour l'élection présidentielle et Jean-Louis celle de Jacques Chirac.

J'estimais que Balladur ferait un meilleur président ; Jean-Louis était d'abord reconnaissant de ce que Chirac avait fait pour lui. Quand, en novembre 1994, ce même Balladur, alors Premier ministre, me proposa de prendre, dans son gouvernement, le portefeuille de la Coopération, j'en ai évidemment parlé à mon père. Lui avait choisi Chirac par défaut, parce qu'il reprochait à Balladur de l'avoir trop souvent mené en bateau, spécialement sur les questions européennes. Il ne lui pardonnait pas, notamment, d'avoir fait son siège, pendant tout l'été de 1992, pour le convaincre de voter « oui » à Maastricht, en usant de cet argument que mon père jugeait indigne : « Vous savez bien, Michel, qu'il n'y a rien dans ce traité ! » Ce à quoi Papa, qui l'avait lu et relu avec l'autorité du rédacteur de la Constitution, lui avait répondu : « S'il n'y a rien, pourquoi venir me déranger ? » Indulgent pour Chirac dont il avait maintes fois éprouvé l'absence de convictions, et même la légèreté, mon père l'était beaucoup moins pour un homme dont il connaissait l'intelligence. Je l'entends encore murmurer : « Ce type me prend pour un gâteux. »

Toujours est-il qu'il ne me dissuada pas d'aller à la Coopération. Il savait que ma connaissance de l'Afrique et de la plupart de son personnel politique pouvait être utile à la France, confrontée alors à la crise du Rwanda, et cette considération suffit à obtenir son *Nihil Obstat*...

Il en alla tout autrement quand je pris le conseil de Maman. Outre l'argument selon lequel cette opposition affichée à Chirac, que Jean-Louis soutenait, allait encore creuser le fossé entre ses jumeaux, elle craignait aussi que je délaisse mon métier. Ce que je ne fis pas, m'efforçant d'opérer chaque matin avant de me rendre au ministère, et ne quittant jamais mon service de l'œil.

Mais surtout, elle me prévint :

– En ce moment, tout te réussit et j'en suis vraiment heureuse pour toi. Mais méfie-toi des Amboisiens ! Ils sont versatiles et ils te lâcheront, surtout si ton candidat n'est pas élu...

Je me souviens que je lui répondis :

– Je sais, Mitterrand est une arsouille et les Amboisiens des lâcheurs. Et c'est pour cela qu'il faut « détruire Carthage » !

À quoi, en bonne latiniste, elle me répondit : « *Bis repetita placent !* » Et une fois de plus, elle n'avait pas tort. L'équipe municipale qui avait battu mon père ayant démissionné en bloc en 1992, je fus élu maire d'Amboise dans la foulée, et réélu en 1995. Mais en 2001, une trahison venue de mon propre camp m'envoya au tapis sans que j'aie vu venir le coup. Je repensais à la prédiction de Maman. Elle n'était malheureusement plus là pour la voir se réaliser…

CHAPITRE VI
L'oxygène

Dire que Préfailles fut l'oxygène de ma mère, et le nôtre, à nous ses enfants, n'est rien comparé à la réalité. Préfailles, 1 000 habitants l'hiver, six fois plus l'été, fut bien plus que cela : une image d'Épinal qui se serait incarnée pour de bon sur la côte du Pays de Retz, entre Nantes et Saint-Nazaire, dans ce *no man's land* historique qui n'est plus vraiment la Bretagne sans être encore la Vendée…

Les gens heureux, dit-on, n'ont pas d'histoire : celle de Préfailles est récente et c'est sans doute pourquoi nous, les Préfaillais, de naissance ou d'adoption, sommes incurablement heureux.

Jusqu'en 1788, il n'y avait aucune maison à Préfailles, lieu-dit dépendant jadis de la Plaine-sur-Mer et qui ne devint une commune à part entière qu'en 1908, quelque temps avant de devenir la villégiature estivale des Lemaresquier. Cent vingt ans plus tôt, un médecin dont le nom s'est perdu avait découvert à Préfailles une source d'eau ferrugineuse qui ferait la fortune du lieu. Tout au long du XIXe siècle, temps béni des cures thermales, des milliers de Nantais, mais aussi de Parisiens, virent boire l'eau de Préfailles, et beaucoup y construisirent, à partir de 1860, de jolies maisons de style chalet qui surplombent les plages et les rochers.

Celle de mon grand-père, « Les Pins » dont héritèrent mes oncles et où j'ai passé toutes mes vacances d'enfant et d'adolescent est moins originale. Mais elle restera toujours pour moi comme un paradis. Tout comme « Sans souci », la maison du fond du jardin dont le nom, banal à en rire, lui va pourtant si bien !

À Préfailles, nous sommes tous cousins... à la mode de Bretagne. Les générations se succèdent, se croisent, se confondent, en même temps que le passé revit dans l'éclat igné des souvenirs. Ceux que nous a transmis Maman sont comme les miens qui ressemblent à ceux de mes enfants qui, je l'espère, les partageront avec les leurs.

Voici la grande plage d'où Maman, encore petite fille, partait pêcher le bar, non loin de l'île des Piliers dans le bateau de son frère Jacques. Pour être plus près des brisants, il affalait les voiles et Maman ramait. Un jour qu'il lançait la cuillère armée d'un hameçon, celui-ci se planta dans le nez de ma mère. La remontée à la maison fut digne d'une scène de Jacques Tati : elle se retenant pour ne pas hurler de douleur, lui riant jaune, partagé entre l'appréhension de l'engueulade à venir et la satisfaction de pouvoir, pour une fois, mener « Ninette »... par le bout du nez !

La voici encore, avec Noël, le plus fier de ses frères, celui aussi qui possédait le plus gros bateau, partant mouiller ses filets pour pécher la dorade, ou s'attaquant aux redoutables congres nichés dans leurs trous de rocher, et qu'il faut appâter grâce à des maquereaux reliés à des palangres, longs corps de ligne hérissés de dizaines d'hameçons, aussi dangereux pour le monstre marin – car le congre en est un ! – que pour celui qui le manipule. Et gare à la morsure de la bête, quand elle atterrit sur le pont !

Enfants, nous demandions à Maman de nous raconter sans fin ses récits de pêches miraculeuses, mais aussi, parfois, les (rares) épisodes tragiques constituant la légende de Préfailles, celle, notamment, du « Titanic breton », qu'elle nous contait avec force détail.

Elle avait dix-neuf ans quand, en juin 1931, un bateau fluvial, servant imprudemment de navette maritime entre Saint-Nazaire et Noirmoutier, fit naufrage avec cinq cents passagers à son bord. Cinq cents malheureux, dont de nombreux enfants, entassés sur une coquille de noix de trente mètres, sans tirant d'eau ! Le naufrage, dont ne furent rescapées que huit personnes, se déroula sous les yeux des Préfaillais massés Pointe-de-Saint-Gildas pour regarder la tempête. Car il faut les voir, ces tempêtes hérissant des vagues meurtrières, exaspérées par les hauts fonds et toutes chargées de sable, l'estuaire de la Loire, vert émeraude sous le soleil, oscillant du gris au jaune sous les nuages noirs ! Maman n'arriva en vacances que quelques semaines après le drame, mais son été fut hanté par le récit de cette tragédie qu'elle racontait comme si elle l'avait vue.

Mon souvenir le plus baroque se rapporte à mon grand-père Lemaresquier, le roi de la pêche aux crevettes qui, pour emmener ses petits-enfants dans les trous de rocher qu'il connaissait comme sa poche, revêtait un uniforme, toujours le même : son smoking !

À quatre-vingt-cinq ans, il décréta qu'il ne sacrifierait plus aux mondanités, et assigna audit smoking une fonction précise : ce serait son déguisement de plage ! Nous quittions alors l'univers de Tati pour entrer de plain-pied dans l'humour *british* des grands excentriques de Jerome K. Jerome…

Grand-père disait drôlement :

– Je n'aurai plus l'occasion de mettre ce smoking ! Autant qu'il serve à quelque chose !

Il servait à nous enchanter.

Maman qui était de toutes ces escapades, même et peut-être surtout quand mon père était Premier ministre, car elle avait encore plus besoin de ce retour aux sources, ne rechignait pas à y entraîner ministres, préfets ou quelque personnalité qui lui tombât sous la main : la moindre occasion était bonne pour faire découvrir Préfailles – c'est-à-dire la mer – à tous ceux qui rendaient visite à mon père. Y allaient-ils spontanément, ou par obligation ? Je me souviens de Paul Delouvrier, l'inventeur du concept de « région parisienne » et des villes nouvelles, technocrate de génie mais technocrate jusqu'au bout des ongles, au point de faire passer papa pour un *gentleman-farmer*, arrivant à Préfailles, au creux de l'été et qui entendait Maman lui annoncer, à peine le dessert fini :

– Eh bien maintenant, mon Cher Paul, relevez vos pantalons ! La marée n'attend pas... Les crevettes non plus !

Dans ces moments-là, Maman avait des intonations de Sophie Desmarets, autre Préfaillaise d'adoption qui, avec son mari, le critique de cinéma Jean de Baroncelli, connaissait elle aussi tous les secrets des trous de crevettes. Bien qu'habitant « l'autre rive »

– eh oui, à Préfailles aussi, il arrive d'être snob pour deux cents mètres ! – Sophie avait, comme les autres, tout appris de mon grand-père qui livrait ses secrets de pêche à des ribambelles d'enfants !

Tel était le rite : qu'on soit « puissant ou misérable », il fallait, pour être admis dans la famille et apprécié d'elle, sacrifier à la pêche, qu'il pleuve ou qu'il vente.

Quand les familles Debré, Lemaresquier et consorts, prenaient la mer ou partaient, l'épuisette à la main, rien n'existait plus. Ni condition sociale, ni sexe, ni religion : la République préfaillaise se mettait en marche vers le jusant dans un appareil qui frappait de stupeur le Parisien de passage, mettant sur le compte du soleil ou du muscadet le fait de reconnaître tel personnage officiel, sautillant sur les rochers, vêtu d'une vareuse informe ou d'un ciré trop long, à la remorque d'un leste vieillard en smoking et d'une longue liane, cheveux aux vents.

Très tôt, mon père avait dû s'habituer : nageur émérite, y compris dans l'eau glacée, mais peu attiré par la pêche, il s'y était mis avec une bonne volonté touchante qui n'excluait pas de fréquents retours bredouilles. Mais la voile n'était décidément pas sa passion.

Ce fut la seule concession préfaillaise que Maman accepta de faire à son mari. Quand elle me donna son bateau, une petite merveille en bois verni qu'il fallait poncer et revernir chaque début d'été à l'issue d'un hivernage scrupuleux, ce fut une joie immense teintée de mélancolie. Je savais qu'elle aurait tellement aimé naviguer avec Papa ! Connaissant le désintérêt de mon père pour la marine à voile – quitte à monter sur un bateau, il préférait de loin ce que nous autres, « vrais marins », appelions volontiers les « promène couillons », comprendre : les bateaux à moteur ! – les Préfaillais baptisèrent ce bateau *La mère Michel* ! Après un moment de stupeur, Papa fut le premier à en rire !

Il est vrai que le temps passant, Maman changea de distractions. Les nôtres devinrent les siennes, auxquelles elle prenait un plaisir non feint. Chaque année, pendant les grandes vacances, qui commençaient alors début juillet pour se terminer au milieu du mois de septembre, elle se faisait organisatrice de rallyes pour enfants. Il fallait suivre les confettis parsemant les chemins de côte préfaillais, résoudre des énigmes, réussir des épreuves sportives – modestes – puis c'était la distribution des prix le soir, sur le terrain de la chapelle, autre curiosité préfaillaise, détenue en indivis par une cinquantaine de familles locales : les enfants, plus de cent, parfois, se pressaient à cette cérémonie.

Solennel, Tonton Mimile – qui n'était autre qu'Émile Charpentier, illustre avocat et bâtonnier –

remettait les prix comme il aurait décerné celui de la Conférence du stage. Ceux-ci n'évoluaient guère d'année en année, mais faisaient nos délices : des paquets de galettes Saint-Michel (produite à quatre kilomètres de Préfailles, dans la commune de Saint-Michel Chef-Chef, célèbre mondialement… de tous les Préfaillais !) Et, pour les derniers, des Traou Mad… à l'unité ! Quant au dernier des derniers, il avait droit à un plat de nouilles, fourni invariablement par Maman.

Chaque soir c'était la partie de volley-ball obligatoire. Toutes les générations y jouaient. J'ai même vu Papa y participer, moins souvent cependant que son beau-père qui, jusqu'à un âge avancé, n'hésitait pas à monter au filet. Les règles, alors, devenaient aléatoires : chaque enfant s'effaçait pour faire en sorte de faciliter la tâche à son professeur de pêche bien-aimé ! Puis à vingt heures précises, le coup de gong retentissait, sous les espèces de la cloche de *Ker Dagnet,* l'une des plus anciennes villas de Préfailles. Il était temps pour tous de rentrer dîner à la maison.

À chaque début comme à chaque fin de vacances, il fallait sacrifier à un autre rituel qui, pour nous, était tout sauf un pensum : aller dire bonjour, puis au revoir, aux familles amies. Quand nous étions petits, Maman nous accompagnait. Plus grand, le périple se faisait à vélo ou à mobylette, tant le cercle des amis s'était étendu tout au long de l'été. Frénétiques en juillet, nostalgiques en septembre, nous n'avions guère besoin de nous forcer, tant la moindre relation nous paraissait justiciable d'un égard particulier.

Tel était Préfailles, tel il est resté. Une famille de familles dont Maman fut, comme dans la nôtre, un incontestable «point fixe». Quand elle descendait à la plage tous les matins vers onze heures, il fallait voir la queue qui se formait pour venir papoter un moment avec elle, parents et enfants se pressant pour dire bonjour à «Tante Ninette» et lui demander quand aurait lieu la prochaine partie de pêche. Les mêmes qui saluaient respectueusement mon père, mais étaient les derniers à oser s'asseoir près de lui à la sortie du bain, étaient les premiers à se bousculer pour rester le plus longtemps possible avec maman. Tendresse, vacherie ou bon mot, personne ne rentrait bredouille.

Il y avait chez elle quelque chose des «petits cailloux» de Préfailles, ces galets qui étincellent au soleil et sont le fruit, non d'une classique érosion issue de la falaise, mais d'un mouvement rarissime venu des profondeurs de l'océan et charriant vers le rivage des fragments de silice arrachés au plateau continental. Mélangés aux galets de la plage, on ne les remarque pas. Mais dès que la vague les submerge puis se retire, ils sont les seuls à briller d'un éclat de diamant, quand tous les autres demeurent des cailloux.

En descendant, chaque été, sur la plage de Préfailles, je n'ai nul besoin de penser au passé. Ici et là, des lueurs semblables à celles des étoiles mortes me rappellent que rien n'est jamais fini.

Table des matières

CET OUVRAGE
A ÉTÉ ACHEVÉ D'IMPRIMER SUR ROTO-PAGE
PAR L'IMPRIMERIE FLOCH À MAYENNE
EN AVRIL 2007

Éditions du Rocher
28, rue Comte-Félix-Gastaldi
Monaco

Dépôt légal : mars 2007.
N° d'édition : CNE section commerce et industrie
Monaco : 19023.
N° d'impression : 68086.
Imprimé en France